Poemas Escolhidos
de
Cláudio Manuel da Costa

* * *

—— **Cláudio Manuel da Costa** ——

Poemas Escolhidos

Introdução, seleção e notas de
Péricles Eugênio da Silva Ramos

Visite o nosso site
www.ediouro.com.br

Copyright © **Ediouro Publicações S.A.**

Todos os direitos reservados e protegidos pela Lei 5988 de 14/12/73. É proibida a reprodução total ou parcial, por quaisquer meios, sem autorização prévia, por escrito, da editora.

CIP - Brasil. Catalogação-na-fonte
Sindicato Nacional dos Editores de Livros, RJ

C871p

Costa, Cláudio Manuel da, 1729-1789
 Poemas escolhidos/Cláudio Manuel da Costa. — Rio de Janeiro: Ediouro, 1997.
 — (Coleção Prestígio)

ISBN 85-00-61370-X

1. Poesia brasileira. I. Título. II. Série.

97-1648
CDD 869.91
CDU 869.0(81)-1

Índice

Introdução 9

Sonetos

Para cantar de amor tenros cuidados,	29
Leia a posteridade, ó pátrio Rio,	29
Pastores, que levais ao monte o gado,	30
Sou pastor; não te nego; os meus montados	30
Se sou pobre pastor, se não governo	31
Brandas ribeiras, quanto estou contente	31
Onde estou? Este sítio desconheço:	31
Este é o rio, a montanha é esta,	32
Pouco importa, formosa Daliana,	32
Eu ponho esta sanfona, tu, Palemo,	33
Formosa é Daliana; o seu cabelo,	33
Fatigado da calma se acolhia	33
Nise? Nise? onde estás? Aonde espera	34
Quem deixa o trato pastoril amado	34
Formoso, e manso gado, que pascendo	35
Toda a mortal fadiga adormecia	35
Deixa, que por um pouco aquele monte	36
Aquela cinta azul, que o céu estende	36
Corino, vai buscar aquela ovelha	36
Ai de mim! como estou tão descuidado!	37
De um ramo desta faia pendurado	37
Neste álamo sombrio, aonde a escura	38
Tu sonora corrente, fonte pura,	38
Sonha em torrentes d'água, o que abrasado	38
Não de tigres as testas descarnadas,	39
Não vês, Nise, este vento desabrido,	39
Apressa-se a tocar o caminhante	40
Faz a imaginação de um bem amado,	40
Ai Nise amada! se este meu tormento,	41
Não se passa, meu bem, na noite, e dia	41
Estes os olhos são da minha amada:	41
Se os poucos dias, que vivi contente,	42
Aqui sobre esta pedra, áspera, e dura,	42
Que feliz fora o mundo, se perdida	43
Aquele, que enfermou de desgraçado,	43
Estes braços, Amor, com quanta glória	43
Continuamente estou imaginando,	44
Quando, formosa Nise, dividido	44
Breves horas, Amor, há, que eu gozava	45
Quem chora ausente aquela formosura,	45
Injusto Amor, se de teu jugo isento	45

Morfeu doces cadeias estendia,	46
Quem és tu? (ai de mim!) eu reclinado	46
Há quem confie, Amor, na segurança	47
A cada instante, Amor, a cada instante	47
Não vês, Lise, brincar esse menino	47
Que inflexível se mostra, que constante	48
Traidoras horas do enganoso gosto,	48
Os olhos tendo posto, e o pensamento	49
Memórias do presente, e do passado	49
Adeus, ídolo belo, adeus, querido,	50
Que molesta lembrança, que cansada	50
Ou já sobre o cajado te reclires,	50
Ninfas gentis, eu sou, o que abrasado	51
Em profundo silêncio já descansa	51
Tu, ninfa, quando eu menos penetrado	52
Bela imagem, emprego idolatrado,	52
Altas serras, que ao Céu estais servindo	52
Lembrado estou, ó penhas, que algum dia,	53
Valha-te Deus, cansada fantasia!	53
Deixemo-nos, Algano, de porfia;	54
Torno a ver-vos, ó montes; o destino	54
Já me enfado de ouvir este alarido,	54
Que tarde nasce o Sol, que vagaroso!	55
Ingrata foste, Elisa; eu te condeno	55
Não te assuste o prodígio: eu, caminhante,	56
Não te cases com Gil, bela serrana;	56
Apenas rebentava no oriente	57
Se à memória trouxeres algum dia,	57
Breves horas, em que rápida porfia	57
Eu cantei, não o nego, eu algum dia	58
Já rompe, Nise, a matutina aurora	58
Quem se fia de Amor, quem se assegura	59
Sombrio bosque, sítio destinado	59
Clara fonte, teu passo lisonjeiro	59
Enfim te hei de deixar, doce corrente,	60
Não há no mundo fé, não há lealdade;	60
Campos, que ao respirar meu triste peito	61
Entre este álamo, ó Lise, e esta corrente	61
Quando cheios de gosto, e de alegria	61
Junto desta corrente contemplando	62
Piedosos troncos, que a meu terno pranto	62
Polir na guerra o bárbaro gentio,	63
Destes penhascos fez a natureza	63
Parece, ou eu me engano, que esta fonte	63
Musas, canoras musas, este canto	64

Epicédio

À Morte de Salício, Epicédio II	64

Fábula

Fábula do Ribeirão do Carmo	67

Éclogas

Arúncio, Écloga V	73
Polifemo, Écloga VIII	78

Belisa e Amarílis, Écloga XV	79
Pescadores, Écloga XVI	83

EPÍSTOLA

Fileno a Algano, Epístola II	86

ROMANCES

Lise, Romance I	88
Antandra, Romance II	89
Altéia, Romance III	90
Anarda, Romance IV	91

CANÇONETAS

À Lira Desprezo	93
À Lira Palinódia	95

CANTATAS

O Pastor Divino, Cantata I	98
Galatéia, Cantata III	100

ODE

A Mílton	101

ÉPICA

Excertos do Poema, Vila Rica	104
NOTAS	111

* * *

INTRODUÇÃO

Nasceu Cláudio Manuel da Costa em 5 de junho de 1729, nas cercanias da Vila do Ribeirão do Carmo, que desde 1745 passou a ser a cidade episcopal de Mariana. Veio à luz, precisamente, no sítio denominado Vargem do Itacolomi, onde seus pais viviam de mineração e lavoura. O local não pode ser posto em dúvida, pois quem o declarou foi o próprio Cláudio, nos "Apontamentos" (¹) que enviou em 1759 ao censor da Academia Brasílica dos Renascidos, bem como nos autos do interrogatório a que foi sujeito em 2 de julho de 1789, e em vários locais de suas obras.

Narra João Ribeiro (²) que certos críticos alimentavam dúvidas quanto ao lugar do nascimento, uma vez que na dedicatória do poema ao segundo Conde de Bobadela falava Cláudio em "Vila Rica, capital das Minas Gerais, minha pátria" e no final do Vila Rica *assim se exprimia:*

> Enfim serás cantada, Vila Rica,
> Teu nome impresso nas memórias fica,
> Terás a glória de ter dado o berço
> A quem te faz girar pelo Universo.

João Ribeiro dá para as duas referências explicações vacilantes e inconvincentes, quando a coisa é em si mesma simples: no primeiro caso, "pátria" se prende não a Vila Rica, mas a Minas Gerais; no segundo, Vila Rica deu o berço não ao poeta, mas ao poema.

Cláudio era o terceiro filho de João Gonçalves da Costa e Teresa Ribeiro de Alvarenga. João Gonçalves da Costa, que veio moço para o Brasil, teve por pais portugueses obscuros. Quando Cláudio requereu o hábito de Cristo, conseguiu-o com base na prosperidade econômica, e não na distinção da ascendência, como

---

(1) Publicados por Alberto Lamego, *A Academia Brasílica dos Renascidos*, Paris — Bruxelas, L'Édition d'Art Gaudio, 1923, pág. 101-103; e já antes na *Revista da Academia Brasileira de Letras*, 1914, vol. IV n.º 7, pág. 5-25.

(2) *Obras Poéticas de Cláudio Manuel da Costa*, Rio de Janeiro, Garnier, 1903, vol. I, pág. 5-6.

frisa Rodrigues Lapa (³). Quanto ao lado materno, firmava-se em bons troncos paulistas, morando os pais de sua mãe na freguesia da Conceição do Guarapiranga, em Minas Gerais.

Plebeus e até quase miseráveis que tivessem sido os avós paternos de Cláudio, o certo é que seus pais já deviam ser pelo menos abastados: tanto que destinam os quatro filhos, e não apenas Cláudio, aos cursos superiores (⁴). De 1743 a 1749 estuda o futuro Poeta no Rio de Janeiro, no Colégio dos Jesuítas, onde freqüenta as aulas de Filosofia, Retórica, Teologia e Matemática, bem como de Letras latinas e gregas, segundo discriminação de João Ribeiro, para conquistar o ambicionado título de "mestre em Artes". De posse do título, ruma para Lisboa (1749) e daí para Coimbra, onde ingressa na Faculdade de Cânones. Quando a está cursando, requer às autoridades eclesiásticas as diligências preliminares necessárias para que possa ordenar-se sacerdote, isso "para agradar a Deus e servir a Igreja, como para amparo de uma Mãe viúva e suas irmãs órfãs"; as peças desse processo, em que Cláudio não insistiu, foram divulgadas pelo Dr. Ramiz Galvão (⁵).

Em Coimbra, Cláudio fez as suas primeiras publicações: de um certo Munúsculo Métrico (1751), romance heróico dedicado a D. Francisco da Anunciação, "segunda vez confirmado na dignidade de Reitor da Universidade"; e mais do Epicédio consagrado à memória de Fr. Gaspar da Encarnação (⁶), do poema

---

(3) As "Cartas Chilenas", Rio de Janeiro, Instituto Nacional do Livro, 1958, pág. 28. Averiguou-se no processo respectivo que seu avô, em Portugal, "vendia azeite por miúdo, trazendo-o às costas em um odre pelas portas" e que sua avó era também de "segunda condição". Mas isso, que se ventilou no processo, realmente não importava no caso, tanto que o pedido de Cláudio obteve parecer favorável do Conselho Ultramarino e dos Procuradores da Coroa e Fazenda. Eis as circunstâncias em que o Poeta pleiteou o manto de Cristo, expostas por Alberto Lamego (Autobiografia e Inéditos): "Em 1758, estabelecidas em Minas as Reais Casas de Fundição, no intuito de evitar-se o constante extravio do ouro, todo aquele que fizesse fundir mais de oito arrobas do precioso metal tinha direito de pedir ao Rei uma mercê. Em 1761, Cláudio, que também se ocupava nas lavras, tendo trazido à fundição de Vila Rica aquela quantidade de ouro em pó, de que se retirou o respectivo quinto, apoiado na competente certidão, passada pelo governo da capitania, requereu a mercê do hábito de Cristo e uma tença, alegando "que continuava com a zelosa indústria e ação recomendada no alvará com força de lei de 3 de janeiro de 1758".

(4) Cláudio teve 5 irmãos de legítimo matrimônio, sendo ele o terceiro na ordem da sucessão. Seus estudos iniciais, de Gramática e Latim, foram feitos sob a proteção de seu tio Dr. Fr. Francisco Vieira, antigo opositor na Faculdade de Coimbra e na data em que Cláudio redigiu os "Apontamentos" procurador geral da Religião do Santíssimo Sacramento no Estado do Brasil. Cláudio morou até os 14 ou 15 anos em Vila Rica. Em Coimbra estudaram seus irmãos Padre Antônio de Santa Maria dos Mártires, Padre Frei Francisco de Sales de Jesus Maria e João Antônio da Costa, falecido durante o curso. Os outros irmãos, diz ele, seguiram a família (deviam ser duas irmãs).

(5) E transcritas nas Obras Poéticas, I, pág. 81-90.

(6) Que hoje se pode ler nas Obras Poéticas, II, pág. 63-68.

Labirinto de Amor e dos Números Harmônicos *"temperados em heróica e lírica consonância"* todos em 1753. *Ao entregar ao prelo, mais tarde, suas Obras, não aproveitou essas poesias, provavelmente por ter mudado de gosto, que ele derivara do culteranismo para o arcadismo. Nesse mesmo ano de 1753 concluiu a Faculdade de Cânones e regressou a Minas, estabelecendo banca de advogado na Vila Rica de Nossa Senhora do Pilar de Ouro Preto, cabeça da Capitania.*

Da vida de Cláudio em Minas Gerais não se sabe grande coisa nesses primeiros anos; apenas não se desconhece que em 1754 exerceu por dois meses a função de almotacé na cidade de Mariana, eleito que havia sido pela Câmara (novembro). Deve também ter exercido funções na Câmara de Vila Rica, pois ele o declara.

Em 1759 escreve carta ao secretário da Academia Brasílica dos Renascidos, da qual havia sido eleito sócio supranumerário, com juramento e apontamentos para serem unidos ao catálogo dos acadêmicos. Esses papéis contêm úteis esclarecimentos biográficos e também informações sobre as obras que Cláudio escrevera até então, infelizmente perdidas. Entre elas, relaciona um poema joco-sério, Cataneida, *bem como diversas poesias dramáticas; arrola ainda traduções de dramas de Metastásio, como* Artaxerxes, Dircéia, Demétrio, José Reconhecido, O Sacrifício de Abraão, Régulo, O Parnaso Acusado, *traduções essas nas quais se valera ou da prosa ou do verso branco, e que foram levadas à cena.*

No ano seguinte, exatamente em 17 de outubro de 1760, conforme documentos recentemente divulgados pelo Prof. Rodrigues Lapa([7]), *foi nomeado pelo Governador interino, José Antônio Freire de Andrada, procurador substituto da Coroa e Fazenda, ofício que o Poeta pleiteia depois a título vitalício, mas jamais veio a alcançar. De 11 de agosto de 1762 a 3 de setembro de 1765 exerce as funções de secretário do Governo da Capitania, sob os Condes de Bobadela e Lobo da Silva, em cuja companhia realiza "viagem dilatada e aspérrima por mais de 400 léguas", "aos sertões do Jacuí, segurando os povoadores nas terras com as cartas de sesmarias e provimentos de ofícios, que lhes passava"*([8]). *Ao tempo do Conde de Valadares, este o nomearia de novo substituto do procurador da Coroa e Fazenda.*

Em 1768, Cláudio publica em Coimbra o volume de suas Obras, *que ainda hoje contém o melhor do que escreveu em poesia lírica e bucólica. Nesse mesmo ano, em que o Conde de Valadares tomou posse do Governo da Capitania, Cláudio Manuel da Costa organizou no Palácio do Govêrno uma academia (4 de setembro), na qual fez o discurso de abertura e recitou 11 poemas encomiásticos; no discurso de encerramento preconiza a fundação de uma "Colônia Ultramarina" em Vila Rica, como pro-*

---
(7) "Subsídios para a Biografia de Cláudio Manuel da Costa", Revista do Livro n.º 9, março de 1958, pág. 7-25.

(8) Vila Rica, nota 66; requerimento em Rodrigues Lapa, "Subsídios", pág. 11.

longamento da Arcádia Romana, e pede para ela a proteção de Valadares, nomeado "Pastor Daliso" da Colônia. No dia 5 de dezembro há nova sessão da Colônia Ultramarina, ainda em Palácio, dedicada à comemoração do aniversário do jovem Conde: representa-se um drama de Cláudio, O Parnaso Obsequioso, musicado, de linhas metastasianas (⁹).

No ano seguinte, o Poeta é nomeado Juiz das Demarcações de Sesmarias do termo de Vila Rica, por ato do Governador, cargo que exerce até 1773. Novo hiato se observa nas informações que temos sobre a vida de Cláudio, a partir daí até a Inconfidência. Sabe-se, contudo, que ficou muito amigo de Tomás Antônio Gonzaga, desde que este chegou a Vila Rica na qualidade de Ouvidor Geral (1782), freqüentando um a casa do outro e "comunicando-se com a lição de seus versos"; que não se consorciou, mas teve duas filhas naturais: Francisca, casada com Manuel José da Silva e que Cláudio dotou com a metade de sua propriedade agrícola (¹⁰), e Maria, cuja mãe se chamava Francisca Cardosa; que vivia folgadamente, com distinção até, financiado com o produto de sua advocacia e de suas lavras, bem como com os juros que devedores lhe entregavam, segundo Rodrigues Lapa (¹¹). Entre os contratos advocatícios de Cláudio, cita Lapa, com base em Manuel Bandeira e nos Autos da Devassa (¹²), o estabelecido com a Ordem de São Francisco, desde 1771, da qual recebia anualmente 60 oitavas de ouro; o firmado com o tenente-coronel Joaquim Silvério dos Reis, que em 20 de janeiro de 1789 se obrigou a pagar-lhe 64 oitavas de ouro por ano que Cláudio "lhe patrocinasse as dependências do seu contrato e particulares"; e com base em documento que o próprio Lapa encontrou na Biblioteca Nacional do Rio de Janeiro, o celebrado com o capitão José Pereira Marques, que constituiu Cláudio seu procurador, em 13 de dezembro de 1784, "com amplíssimos poderes para lhe defender os negócios, em companhia de outros, por motivo da arrematação do contrato das entradas" (¹³).

Os autos de seqüestro dos bens de Cláudio, a começar por sua biblioteca, bastante boa, principalmente no setor jurídico, mas na qual também se achavam obras literárias de nomeada, antigas ou mais recentes, como as conceptistas de Gracián e Quevedo, passando pelo vestuário, roupa de cama e mesa, pratas, louças da Índia e escravos, e indo até às terras, casas e comprovantes de dívidas (vinte e dois), denunciam realmente que o Poeta muito longe estava de ter qualquer semelhança com alguém que se debatesse em angústias financeiras.

---

(9) Hoje publicado por Caio de Melo Franco, *O Inconfidente Cláudio Manuel da Costa*, Rio de Janeiro, Schmidt Editor, 1931, pág. 63-84.
(10) Quando Cláudio morreu, ela vivia com seu marido e filhos no sítio da Vargem, termo da cidade de Mariana; Maria morava em Vila Rica, tudo segundo as informações da Devassa.
(11) As *"Cartas Chilenas"*, pág. 37.
(12) *Guia de Ouro Preto*, Rio, 1938, pág. 119; *Autos*, I, 362.
(13) *Ibidem*, pág. 46.

Envolvido na Conjuração Mineira, teve sua casa cercada por dragões na madrugada de 25 de maio de 1789; retirado da cama, foi preso e conduzido para o degredo recém-preparado na Casa dos Contos. Um mês e pouco depois, em 2 de julho de 1789, submetem-no a interrogatório, no próprio local onde se achava enclausurado. Para lá se dirigem o desembargador Pedro José Araújo de Saldanha, ouvidor geral e corregedor de Vila Rica, e o bacharel José Caetano César Manitte, ouvidor e corregedor de Sabará, que o inquirem e mandam tomar por termo as declarações, que Cláudio assina com os dois magistrados ([14]). Esse depoimento, se autêntico, não traduz a presença de um herói, como tantos desejariam, mas de um simples e falível homem de sessenta anos, combalido fisicamente e tomado de profunda depressão espiritual. Assevera que a conjuração jamais teve início de execução, nem planejado esse início; que apenas se registraram conversações teóricas, hipotéticas e inconseqüentes; que estava sendo preso como castigo divino, em virtude de sua maldade, "de sua libertinagem, de seus maus costumes, de sua perversa maledicência". Suas palavras comprometem Gonzaga; há quem julgue que foi esta uma das causas de seu suicídio, o remorso: é o que imagina, por exemplo, Alberto Faria ([15]).

Quase unanimemente se aceita hoje como boa a opinião exarada no auto de corpo de delito e exame procedido no cadáver, de que o Poeta "se enforcara voluntariamente por suas mãos". Tê-lo-ia levado a isso, como pensam muitos, o temor do martírio à vista da multidão sem nenhum respeito humano, transformando-se ele, ao morrer por escarmento, numa espécie de desqualificado saltimbanco de feira. Outros, porém, apoiados em tradições ouro-pretanas registradas no Almanaque da Província de Minas Gerais, edição de 1864, preferem aceitar a hipótese de assassínio: — é o que se dá com Afrânio de Melo Franco, que alinha uma série de argumentos em favor de sua tese ([16]). Varnhagen, no Florilégio, fala em veneno ([17]), mas não alude à versão em sua História; nem a aceitam os historiadores atuais, como Hélio Viana, que despreza peremptoriamente a conjetura de homicídio.

Estava o cadáver, segundo o auto, "encostado a uma prateleira, com um joelho firme em uma tábua dela, com o braço

---

(14) Nos próprios autos da Devassa (VI, 393) houve increpação de nulidade do depoimento, por não ter a ele assistido tabelião ou testemunha, na forma da lei, nem ter-se dado juramento quanto a terceiro. Há ainda a suposição de ser falsa a assinatura de Cláudio, formulada, com exame pericial, por José Afonso Mendonça de Azevedo, Documentos do Arquivo da Casa dos Contos, Rio de Janeiro, Biblioteca Nacional, 1945, pág. 172 a 178. Mendonça de Azevedo também crê que o Poeta foi assassinado.

(15) Tomás A. Gonzaga — Marília de Dirceu, Rio de Janeiro, Anuário do Brasil, 1922, pág. 139.

(16) Revista da Academia Brasileira de Letras, ano XX n.º 91, pág. 324-337.

(17) Florilégio da Poesia Brasileira, vol. I, Rio de Janeiro, Academia Brasileira de Letras, pág. 298.

direito fazendo força em outra tábua, na qual se achava passada em torno uma liga de cadarço encarnado, atada à dita tábua e a outra ponta com uma laçada, e no corrediço deitado o pescoço do dito cadáver, que o tinha esganado e sufocado".

Cláudio era, de acordo com atestado de José da Costa Fonseca, Ouvidor Geral da Comarca de Ouro Preto e nela deputado da Junta da Fazenda, pessoa "de inteiro crédito e merecimento pela sua regular conduta, grande espírito e penetração"; como advogado, exibia "madureza de juízo, solidez de fundamentos e inteligência das leis"; era eloqüente e erudito, bem como extremamente afável para com todos. Entre os traços de seu caráter, Rodrigues Lapa vai buscar no soneto 98 um verso para defini-lo, usando o próprio modo como o Poeta se vê: "uma alma terna, um peito sem dureza".

A OBRA

A poesia de Cláudio Manuel da Costa — ele mesmo o declara no "prólogo ao leitor" de suas Obras — coloca-se sob o signo de uma oposição, entre o estilo simples e a propensão para o sublime. Isso, contudo, explica-se. No período que medeia entre os estudos de Cláudio em Coimbra e a publicação de suas obras, em 1768, houve em Lisboa a implantação de um marco nas tendências neoclassicistas que em Portugal se observavam e já havia tempo se desenvolviam na Itália e na França: a fundação da Arcádia Ulissiponense, organizada por três bacharéis como Cláudio procedentes de Coimbra, um dos quais, aliás, viria a funcionar como juiz no processo da Inconfidência: Teotônio Gomes de Carvalho, Antônio Diniz da Cruz e Silva e Manuel Nicolau Esteves Negrão. Os sócios fingiam-se pastores pelas encostas do Monte Mênalo; o emblema da Arcádia era um lírio branco, e a divisa a expressão Inutilia truncat, na qual, esclarece Hernani Cidade [18], "está patente o objetivo principal: — atacar os excessos verbalísticos do gongorismo, cingir as formas literárias, até, em certa medida, as verbais, métricas ou estróficas, aos bons modelos greco-latinos. Tudo quanto destoasse dessa clara harmonia e sobriedade seria truncado como inútil". Daí porque os árcades exaltavam as pessoas ilustres segundo a inteligência que davam a Píndaro e Horácio — e por vezes o faziam dentro da própria roupagem bucólica, com pastores e pescadores discreteando sobre figuras eminentes ou felizes sucessos. Não importava, de acordo com a lição de Horácio e Muratori, que, sendo o objetivo da poesia deleitar (e ensinar), a natureza fosse aformoseada, e os pastores exprimissem pensamentos e sentimentos belos e nobres, contanto que não excedessem as possibilidades teóricas do gênero [19].

Entre as implicâncias arcádicas contava-se a utilização dos tropos, talvez porque neles haviam carregado os culteranistas: seu reiterado emprego constituía desprezível superfluidade. Cláudio, por isso, exculpa-se do "muito uso das metáforas" e de outras elegâncias de estilo ou ornatos, principalmente nas poesias pas-

---

(18) Lições de Cultura e Literatura Portuguesa, 2.º vol. Coimbra, 1948, Coimbra Editora, pág. 215.

(19) Hernani Cidade op. cit. pág. 223 e ss.

toris, mas explica que seus versos datam na maior parte de Coimbra ou pouco depois, "tempo em que em Portugal apenas começava a melhorar o gosto nas belas letras". Essa explicação, como aponta João Ribeiro, não pode transcender o nível das mais desenxabidas balelas; entre o Epicédio coimbrão e os sonetos e mesmo demais peças das Obras de 1768 há notável diferença de estilo, que não sugere nestes últimos ar algum de "*juvenilia*". Em quinze anos teria de haver, além do mais, evolução do poeta.

Cláudio Manuel da Costa tem sido contraditoriamente atacado por seus restos de gongorismo, com tendência à grandiloqüência, obscuridade e arrevesamento, e, ao mesmo tempo, por sua simplicidade, tal como expressa no poema Vila Rica: fala-se em decadência, cansaço, perda de qualidades, quando no caso o Poeta se prejudicou meramente por excesso de observância, por querer impor-se de fond en comble uma regra estilística à qual o seu temperamento — propenso ao sublime, como ele próprio sabia — não se adaptava. Ainda mais quando deixava o acostumado fantástico ou universal de sua poesia lírica e pastoril para imergir nas asperezas de uma poesia épica inteiramente icástica, fundada no local, no contingente e no perecível, ou seja na realidade física de em torno e na realidade temporal da história.

MUSICALIDADE — Quanto aos temas, têm argüido ao Poeta o fato de só se sentir bem às margens do Mondego; e realmente ele se queixa de que "para ser a Títiro igualado" até lhe falta "a sombra de uma faia", como se queixa da "grossaria" da gente local e da cor "turva e feia" dos ribeiros de Minas. Delícias, só à beira do Tejo. Nessas condições, sendo Cláudio um árcade como os outros, de Portugal, dele só resta, para os brasileiros, "a suavíssima fluência de sua música", sentencia Hernani Cidade [20]. Essa música de fato existe; Gonzaga é um visual, Cláudio é um auditivo, sublinha Rodrigues Lapa; e isso jorra luz sobre o alto padrão técnico de muitos de seus decassílabos. A sábia distribuição de vogais, a aliteração, a balança de tônicas e semifortes, de substantivos e adjetivos, explicam a aparência acabada de muitos de seus versos, como logo no soneto II:

> Não vês ninfa cantar, pastar o gado
> Na tarde clara do calmoso estio.

A mesma coisa se verifica no soneto LI:

> De despojos, a teu rigor aplica
> O rouco acento de um mortal gemido,

sendo de notar que neste caso a diversificação vocálica é ainda mais ampla, como é ampla também no soneto XII:

---

(20) No *Dicionário das Literaturas Portuguesa, Galega e Brasileira*, de Jacinto do Prado Coelho, voc. Cláudio Manuel da Costa.

> E tanto ao gado, como aos pegureiros,
> Desmaiava o calor do intenso dia.

Não é difícil pesquisar versos sonoramente sugestivos em Cláudio; tanto o Poeta se diverte com os sons, que alitera a três por dois. Reiterações como estas:

> Que é fazer mais so*b*erba a formo*s*ura
> A*d*orar o rigor *d*a re*s*istência

(soneto XXIX) são nele banais, pois às vezes a aliteração é tríplice num só verso, como em

> Que em *p*aga da *p*iedade o *p*eito amante

(soneto LXXV), ou até quádrupla:

> *T*odos da *t*erra os fundamen*t*os *t*remem

(Epicédio I) e mesmo quíntupla:

> Mo*d*erar po*d*e *d*e um profun*d*o *d*ano

(Epístola VI), ou se faz verdadeiramente orgiástica, como a de mm e tt nesta quadra do soneto XXIII:

> Aquele *m*es*m*o *b*e*m*, que *m*e consen*t*e,
> *T*alvez propício, *m*eu *t*irano fado,
> Esse *m*es*m*o *m*e diz, que o *m*eu estado
> Se há de *m*udar e*m* ou*t*ro diferen*t*e.

O soneto LII dá bem a mostra das possibilidades musicais da teia aliterante de Cláudio:

> Que molesta lembrança, que cansada
> Fadiga é esta! vejo-me oprimido,
> Medindo pela mágoa do perdido
> A grandeza da glória já passada,

surgindo de quebra, prodigamente, uma rima dentro dos versos, de molesta *com* esta.

Pois bem, isso, que é uma das forças de Cláudio, arrasta-o por vezes a fragilidade com o encontro de sílabas aliteradas: "suavisíssimo Mondego" (soneto LXXVI), "crepúsculo luzido" (soneto LVIII), aonde a dita está (soneto XXXVIII), "vítima mais" (soneto XXV), ou mesmo de palavras que não se casam bem: "esta estampa" (soneto XXXVII), "fé de" (soneto LVII), etc. Tais debilidades, advirta-se contudo, não são privativas de Cláudio; registram-se antes dele, em sua época e depois. Já sua musicalidade é bem mais rara — muitíssimo mais rara. Quanto ao uso de aliterações e figuras de palavras, um poeta há entre seus contemporâneos que também alitera muito e ainda mais lança mão das figuras de palavras, Basílio da Gama. Superficial análise do Uraguai *bastará para comprovar a asserção.*

Presença da Terra — *Com relação à balda que irrogam a Cláudio, de ser pouco nacional, isso em primeiro lugar resultava de sua escola, para a qual não seria concebível situar na margem de ribeiros auríferos, ao longo da natureza selvagem dos trópicos, cheia de araras e botocudos, as comedidas e pálidas conversações de pastores etereamente concebidos, quase filósofos de coração de nuvem. Melhor deixá-los no Mondego. Não haveria como acelerar os ponteiros do tempo; o Romantismo ainda estava por vir.*

Mesmo com essas ingratas diretrizes, contudo, de pastores sem sangue brasílico e afetada simplicidade, o Poeta, contudo, tem olhos para a terra. Ainda não falando no Vila Rica, *poema simplesmente elidido pelos que desejam ver em Cláudio apenas o árcade saudoso de Portugal, nas próprias* Obras *há vários trechos nos quais o Poeta se reporta a coisas e agruras de Minas Gerais. É o que se dá no "Epicédio I", onde Cláudio alude à queda da produção do ouro:*

> O vasto empório das douradas Minas
> Por mim o falará: quando mais finas
> Se derramam as lágrimas no imposto
> De uma capitação, clama o desgosto
> De um país decadente.

Já o soneto II é quase triunfal com seu ouro filho do Sol, embora fosse horacianamente mais indicado discorrer sobre os males da ambição e da riqueza, como de resto Cláudio em muitos lugares faz. Embora maltrate o "pátrio rio", o Ribeirão do Carmo, Glauceste volta e meia o invoca, e até erige sobre ele "metamorfose" parecida com as da tradição ovidiana, a "Fábula do Ribeirão do Carmo".

Também no poema Vila Rica, *que percucientemente examina, o prof. José Aderaldo Castello divisa "a criação de sugestões poéticas que, do ponto de vista de nossa literatura da era colonial, representam autênticas antecipações de certas criações poéticas de conteúdo indianista, realizadas pelo Romantismo"* [21]. *Não há, pois, como atacar Cláudio por esse prisma. Circula mais Brasil em sua obra* [22] *do que na de muitos poetas posteriores; e foi por sua terra, afinal, que ele deu a vida.*

---

(21) *A Literatura Brasileira*, vol. I, São Paulo, **Editora Cultrix**, 1962, pág. 173. A análise do *Vila Rica*, a mais **compreensiva** e detida que conhecemos, estende-se da pág. 164 a 177.

(22) Julga Antônio Cândido, *Formação da Literatura Brasileira*, vol. I, São Paulo, Martins, 1959, pág. 80, que **Cláudio** é, de todos os poetas "mineiros", o mais profundamente preso às emoções e valores da terra.

Obscuridade — *De outros defeitos tem sido acusado Cláudio Manuel da Costa: "arrevesado e obscuro" dilo Afonso Pena Júnior, "confuso" e "redundante" o prof. Rodrigues Lapa* (²³). *É preciso ir por partes. Arrevesado Cláudio só é excepcionalmente, e esse arrevesamento não é tal que dificulte a inteligência do texto. Assim um terceto meio retorcido, o 1.º do soneto I,*

> Bem sei que de outros gênios o Destino,
> Para cingir de Apolo a verde rama,
> Lhes influiu na lira estro divino,

não necessita de grande esforço para ser entendido. "Bem sei — diz o Poeta — que o Destino influiu estro divino na lira de outros gênios, para cingirem a verde rama de Apolo", isto é, o louro. Nada de extraordinário, nada que também não se encontre entre os nossos românticos. Os hipérbatos e uma ou duas mirradas sínquises não bastam para caracterizar toda uma obra como arrevesada.

Quanto à obscuridade, se o próprio Cláudio ataca a "inchação de frase", na égloga "Albano":

> Alguém há de cuidar que é frase inchada,
> Daquela que lá se usa entre essa gente
> Que julga que diz muito e não diz nada,

não é crível que caia no capítulo e use. palavras sem sentido ou vagas, aereamente, apenas para atulhar verso. A esse respeito, o Poeta vem sendo prejudicado por aqueles que, para defenderem a autoria gonzaguiana das Cartas Chilenas, *exageram as imperfeições de Glauceste, tratando-o com evidente má vontade para fazer sobressair as inegáveis qualidades de Dirceu. Assim, o prof. Rodrigues Lapa dá como causa da "confusão" de Cláudio "o significado especial e translatício dado ao vocabulário"; nessas condições, bastaria atinar com o significado que o Poeta empresta a alguns vocábulos-chave para que essa confusão desaparecesse. Todavia, o notável Professor, cujos trabalhos tanto tem nobilitado os estudos literários em Portugal, dá logo a seguir mostra de não se ter preocupado demais com a poesia de Cláudio, nem de procurar entendê-la, como certamente poderia com seus superioríssimos dotes de apreensão e cultura. Com efeito, declara o eminente Mestre que "rendimento", em Cláudio, significa "dominação", e continua (As "Cartas Chilenas", pág. 61-62): "mas, se assim é, não vemos que fique bem claro o sentido do verso", o 5 do Canto V do* Vila Rica: *"arte em perpétuo fumo o rendimento". É que assim não é: "rendimento", em Cláudio, não significa "dominação" como diz Lapa, e sim o inverso, "mostra de sujeição", ou, precisamente, como define o* Dicionário da Real Academia Espanhola: *"obsequiosa expresión de la sujeción a la voluntad de otro en orden a ser-*

---

(23) M. Rodrigues Lapa, As *"Cartas Chilenas"*, pág. XXXI, 61 e 62.

virle o complacerle". "Rendimento" gira, em Glauceste, em área encostada na de "obséquio", que também não é nele o que Lapa consigna, isto é, "honra", "favor", mas "homenagem", "reverência". Claro está que tanto "rendimento" como "obséquio", se de amor fala o Poeta, significam a "sujeição" do homem, do seu próprio "afeto". E esta é a chave para abrir as portas de muitos versos aparentemente obscuros, como aqueles da égloga "Os Maiorais do Tejo":

> Efeitos são daquele heróico objeto,
> Que eu tomo nos meus versos: maravilha
> Não é, que possa tanto o grande afeto
> Com que o meu rendimento o voto humilha.

Pois bem, nessas linhas diz o Poeta que, se os rochedos se abalam e as árvores se movem para escutar seu canto, isso não se deve propriamente ao canto, mas ao seu elevado assunto; não é de admirar que possa fazer esses prodígios o grande afeto traduzido no voto nupcial (da Princesa do Brasil, D. Maria, e do Infante D. Pedro), voto que tanto sobreexcede à homenagem do Poeta, isto é, a seus versos.

Basta citar algumas linhas em que "rendimento" aparece, para ver que seu sentido é o que declaramos:

> .... Almena
> Contra o meu rendimento se conjura (son. XXIII)

> Nem se cobrira o campo da vaidade
> Desses troféus, que para o rendimento (son. XLI)
> Que estais vendo meu terno rendimento (Laura, v. 35)

> As tenras flores, as mimosas plantas
> em rendimentos mil, em glórias tantas (Fáb. do Rib.
>   do Carmo, vv. 43-44)

> .... o louro,
> Brilhante deus procura
> Acreditar do Pai o culto atento,
> Na grata aceitação do rendimento (Ibidem, vv. 71-74).

E que "obséquio" também não é "favor", mas "homenagem", "reverência", como em italiano ou espanhol, comprova-o facilmente a seguinte quadra de uma Cantata da qual o próprio Lapa assevera que ressuscita o mistério e a graça dos velhos vilancicos:

> Brandas ninfas que no centro
> Habitais dessa corrente.
> Vinde ao novo Sol nascente
> Vosso obséquio tributar.

Falam Fé e Esperança, e falam do Menino Jesus, ao qual as Ninfas não iriam tributar "favor", mas "reverência", "respeito". E seria pretensioso, noutro lugar, que Glauceste declarasse aos seus leitores da metrópole que lhes estava prestando um "favor", com as seguintes palavras: ... *"sempre hás de confessar que algum agradecimento se deve a um Engenho, que desde os sertões da Capitania das Minas Gerais aspira a brindar-te com o pequeno obséquio destas Obras". "Obséquio" é "homenagem", aí e passim, em Cláudio. Entre os seus demais bordões, como os chama João Ribeiro, ou palavras muito usadas, estão algumas outras de sentido talvez hoje menos aparente, como* girar *("percorrer", "andar", Lapa),* despenho *(queda; "desastre, infelicidade", Lapa),* estrago *(ruína, perdição),* espécies *(aparências),* lisonja *(doçura, atração, agrado),* executivo *(violento),* avaro *(cruel).*

REDUNDÂNCIA — *Assinala Rodrigues Lapa (e já outros antes dele) a redundância de Glauceste, que na verdade por vezes a ela se entrega. Coisas como "fogo ardente", "a chama apague deste ardente incêndio", "que belos, que gentis e que formosos", "lastimoso e triste", etc., não são, por certo, raras nos seus versos. Note-se, contudo, que às vezes aparentes superfluidades não são "material de encher", mas decorrência de necessidade, sentida pelo Poeta, de reforçar a expressão para fazer-se convincente ou para "mover afetos", como outrora se dizia. É o que parece dar-se, por exemplo, nas seguintes linhas do soneto XXXVIII, onde é bastante sutil a gradação de palavras:*

> Aonde a dita está? aonde o gosto?
> Onde o contentamento? Onde a alegria,
> Que fecundava esse teu lindo rosto?

Outras vezes, versos que parecem mais definidamente "inchados" ou "arredondados" de fato não o estão, como o 4 do soneto II:

> Leia a posteridade, ó pátrio Rio,
> Em meus versos teu nome celebrado,
> Por que vejas uma hora despertado
> O sono vil do esquecimento frio.

Esse verso equivale a "O esquecimento frio que é como o sono vil". Não há pois arredondamento nem pleonasmo.

Também não se pode negar que Glauceste exibe alguma "tumidez" em determinadas imagens; mas isso, nele, é herança do culteranismo com o seu empolado "sublime". Assim, parece "túmida" a comparação da paisagem a uma "urna" fúnebre de amores no soneto VIII; como nada convincente a hipérbole do soneto LXXVI (que se repete nos versos de Glauceste):

> .... um novo pego
> Formará de meu pranto a cópia ardente.

Por mais que chorasse, não haveria seu pranto de fazer um mar, ainda que por saudades do Mondego, também líquido. Há ainda certo preciosismo de conceitos que leva Cláudio a outro mundo, que não esta sofrida terra, como no soneto XI, onde a beleza de Eulina é tanta que suspende as lágrimas de quem a vê; no soneto XII, onde o incêndio de amor, que lavra em Daliso, é maior do que o calor do Sol; no soneto LVIII, onde o Sol é a imagem do rosto da bela, mas as penhas de seu peito, etc. Tudo isso, exageros, finuras e agudezas, constituía herança barroca de que seria difícil fugir e que afinal, em poesia, estava mesmo no gosto da época, até mais do que o estilo chão do arcadismo, o qual terminou por dominar em Cláudio os resquícios cultistas e conceptistas, para culminar no Vila Rica, *em tudo inferior às* Obras. *Estas, efetivamente, encerram os pontos mais altos da lira claudiana, que são, fora de qualquer dúvida, os sonetos. Com todos os defeitos que alguns deles possam exibir, são esses sonetos portadores daquela nublada melancolia de Cláudio que já faz prenunciar a vizinhança do Romantismo, e portadores, ainda, de seu inconfundível selo pessoal, tão forte que gerações depois iria ainda influir sobre poetas da categoria de um Alberto de Oliveira, cujos sonetos "arcádicos" descansam placidamente na elocução de Glauceste. É ver "Palemo", por exemplo, de expressão tão próxima do soneto XII das* Obras. *O próprio soneto XLIII, com suas sucessivas e apaixonadas apóstrofes, possui um timbre que se diria garrettiano; talvez tenha sido esse soneto uma das influências sofridas pelo cantor das* Folhas Caídas, *que conhecia a poesia de Cláudio, tanto que sobre ela discorreu* (²⁴).

INFLUÊNCIAS — *Por outro lado, em matéria de influências experimentadas, Glauceste afirma que sabe avaliar as melhores passagens de Teócrito, Virgílio, Sannazaro e dos portugueses Sá de Miranda, Bernardes, Lobo, Camões. Além da pressão que sobre ele exerceram as idéias a princípio culteranistas e depois conceptistas e árcades, e por via dos árcades de Horácio, como o elogio da vida simples, a execração do ouro, a diretriz consubstanciada no "odi profanum vulgus et arceo" — que em Cláudio é a "grossaria" dos habitantes de Minas —, e até de Aristóteles, cuja* Poética *era do conhecimento de Glauceste* (²⁵) (*e onde, junto com a proibição arcádica, talvez esteja a origem, em Cláudio, da condenação ao acúmulo de metáforas, que o estagirita faz para que a poesia não se torne enigmática), alguns antigos deixaram sua marca sobre o Poeta. Teócrito, por exemplo, o pai da poesia bucólica, trata no idílio XI — "O Ciclope" — da paixão de Polifemo por Galatéia; em Cláudio e Ciclope monologu* (²⁶) *por amor à mesma Nereida (Écloga VIII). Outro bu-*

---

(24) *Bosquejo da Poesia Portuguesa*, 1826; *Obras Completas*, vol. XXI, Lisboa, Empresa de História de Portugal, pág. 28-29.

(25) Segundo se vê em documento que figura em Mendonça de Azevedo, op. cit.

(26) É mais provável que a influência de Teócrito tenha sido indireta; no caso do Ciclope, Cláudio deve ter-se valido de Ovídio, como denuncia, nas Cantatas, a presença de Acis (*Metamorfoses*, XIII 750-897), inexistente em Teócrito. Quase todas as alusões mitológicas de Cláudio são perfeitamente esclarecidas por Ovídio, como se pode ver nas *Notas* do fim deste volume.

cólico prestigioso, mas este latino, Virgílio, também deixa em Glauceste suas faias e avenas, e até suas "tigres hircanas", estas da Eneida. Bastaria citar que os "adynatà" de Cláudio se fundamentam na Écloga VIII do mantuano, versos 52 a 55:

> Nunc et oues ultro fugiat lupus; aurea durae
> Mala ferant quercus; narcisso floreat alnus;
> Pinguia corticibus sudent electra myricae;
> Certant et cycnis ululae.

"Impossibilia" como essas também surgem nos versos de Cláudio, precisamente nas suas éclogas; na V:

> Primeiro se verá nascer o trigo
> No céu; dará primeiro a terra estrelas,
> Que tenha esta lembrança algum perigo.

Na VII:

> .... verás ....
> Primeiro produzir esta montanha
> Estrelas, e pascer o manso gado
> Sobre estas águas, onde o Sol se banha:
> Verás esse alto monte levantado
> Tornar-se em vale humilde.

Na XII:

> Verás, irmã, mudar-se aquele outeiro
> De seu lugar primeiro,
> Que se veja nos homens alguns dias
> Segura a fé.

A Virgílio alude Glauceste na Écloga III:

> Por ele é bem se diga,
> Que torna a idade d'ouro.
> A terra sem fadiga
> Produz o trigo louro;
> Prodígio, que invejava
> De Mântua o Pastor belo
> Quando viu, que brotava
> Com próvido desvelo
> O mel dourado dos carvalhos duros.

Outras alusões às éclogas virgilianas são apontadas por João Ribeiro ([27])*, que se refere ainda a influências de Gabriel Pereira — cujo livro Cláudio efetivamente possuía —, Petrarca e Camões (sobre o "Epicédio II"), Guarini, Quevedo, Metastásio, Lucano, Ovídio. De Ovídio seria fácil apontar alusões às Metamorfoses* ([28]) *verbi gratia ao episódio de Faetonte; dois dos cava-*

---

(27) João Ribeiro, *Obras Poéticas de Cláudio Manuel da Costa*, cit., pág. 38-39, 42.

(28) V. as Notas.

*los do Sol, nomeados pelo sulmonense (II, 153, 154), surgem no
Vila Rica (X, 1) e no Canto V os versos 1-3:*

> Magnífica, esquisita arquitetura
> De um Templo guarda o abismo, onde a figura
> Ao preço da matéria corresponde,

aludem ao mesmo episódio ovidiano, quando é descrito o palácio do Sol, tão esplêndido que nele a arte excedia ao fausto do material,

> materiam superabat opus.

De Anacreonte, ou melhor, das "Anacreontea" há também traços em Cláudio, por exemplo nos inéditos, "Ode num Aniversário", estâncias 12 e 13:

> Amor, mísero Amor, eu sei que um dia
> Colhendo flores pela prado andavas,
>   Uma rosa tocavas
> Quando uma abelha o dedo te mordia,
> Choraste então, e te queixaste aflito,
> Ouviu-te a Mãe, e consolou teu grito.
>
> Ah não sabias tu que aquela fera
> De ordem de Vênus vigiava as rosas,
>   Estas flores mimosas
> Não as dá para ti a Primavera, etc.

Noutros passos, talvez Cláudio aluda a Ovídio, talvez a Camões, talvez cite os nomes via Metastásio. A influência deste poeta italiano sobre Cláudio acha-se estudada por Carla Inama[29]. O "Parnaso Obsequioso", segundo ela, segue na forma e no conteúdo laudatório modelos metastasianos como "La Contesa de' Numi", "Il Vero Omaggio", "Il Parnaso Confuso". Quanto às Obras, a influência é menor, tendo Cláudio mais elevada capacidade de sentir e sendo, embora mais melancólico, também mais doce e gentil do que Metastásio. Nos sonetos, Cláudio deve de preferência aos moldes de Petrarca e Camões[30] sendo-lhe Metastásio praticamente alheio; mesmo nos sonetos italianos, exceto no 85, no qual Carla vê traços do soneto XIII de Metastásio. No mais, as influências de Metastásio são puramente externas, de processos que Cláudio adota, como as exclamações entre parênteses e as rimas internas em determinados tipos de estrofes.

---

(29) *Metastásio e I Poeti Arcadi Brasiliani*, S. Paulo, 1961, Faculdade de Filosofia, Ciências e Letras da U. S. P., pág. 60 a 68. Úteis sugestões, inclusive quanto ao patriotismo de Cláudio que poderia servir-se da tradução dos dramas de Metastásio para dar vazão ao seu civismo, desse modo indireto.

(30) Exemplo de patentíssima influência, esclarecemos nós, é a do soneto 21 de Camões — "Transforma-se o amador na cousa amada" — sobre o soneto XXVIII de Cláudio.

A melancolia de Cláudio, a que Carla Inama se refere e que — já o frisamos — prenuncia o dealbar do Romantismo com seus laivos de sentimento, concede-lhe posição privilegiada em nossa poesia da época. Cláudio, no soneto, não é apenas um insigne virtuoso do verso, mas um virtuoso que gira e regira a sua mensagem, mais ou menos como Shakespeare a afirmar sempre a mesma coisa em seus sonetos (Why write still all one, ever the same, son, 76): e essa verdade é, em Cláudio, a da aflição trazida pelo amor perdido mas ainda desejado com veêmencia; a lembrança dos "triunfos de amor" constitui um tormento para Glauceste. Enquanto exprime essa verdade — que resume sua mensagem —, Cláudio, além de exímio sonetista (pois ele o e apesar de eventuais defeitos), é também um Poeta de categoria. Basta saber lê-lo, basta procurar compreender as angústias que dormem sob a aparência meramente tristonha de seus versos, como brasas sob cinzas. Os sentimentos e paixões que lhe agitavam a alma eram, afinal, tão tumultuosos e cheios de ímpeto que tiveram o supremo poder de levá-lo à morte. Não, Cláudio Manuel da Costa não foi um simples diletante ou um mero virtuoso do soneto; foi também, afirmemo-lo sem medo, um puro e legítimo Poeta.

BIBLIOGRAFIA DO AUTOR — POESIA

Cláudio publicou, em vida, 4 opúsculos poéticos: 1) Munúsculo Métrico, romance heróico, Coimbra, Luís Seco Ferreira, 1751; 2) Epicédio em memória de Fr. Gaspar da Encarnação, Coimbra Real Colegio das Artes da Companhia de Jesus, 1753; 3) Labirinto de Amor, poema, Coimbra, Antônio Simões, 1753; 4) Números Harmônicos, temperados em heróica e lírica consonância, Coimbra, Antônio Simões, 1753. Além desses opúsculos, publicou as Obras de Cláudio Manuel da Costa, Árcade Ultramarino, chamado Glauceste Satúrnio, Coimbra, Luís Seco Ferreira, 1768, livro que contém 100 sonetos, 3 epicédios, um romance em decassílabos, a Fábula do Ribeirão do Carmo, 20 éclogas, 6 epístolas, 4 romances em heptassílabos, algumas cançonetas e 8 cantatas.

Em data de 25 de junho de 1789 seqüestraram-se de sua casa "três livros de traduções de tragédias e mais outro dos mesmos relatados e poemas".

Vários de seus inéditos foram sendo publicados depois, à medida que iam sendo descobertos. Assim: 1)A Saudação à Arcádia" e "Ao sepulcro de Alexandre Magno", em Coleção de Poesias Inéditas dos Melhores Poetas Portugueses, Lisboa, 1809-1811; 2) O Poema Vila Rica, em Ouro Preto, 1839 Tip. do Universal; tem manuscritos no Arquivo Público Mineiro, na Biblioteca Nacional do Rio de Janeiro e na de Lisboa. Os dois últimos, informa Rodrigues Lapa, As "Cartas Chilenas", pág. 23, contêm 83 versos a mais no Canto V, que a cópia impressa omitiu, por expurgo do próprio Cláudio no original; 3) Em 1895 Ramiz Galvão publica várias poesias trazidas de Mariana, em Revista Brasileira, tomo II, pág. 129, 228, 293 e 356, e, no tomo III, pág. 38, 6 sonetos e 2 glosas; 4) Em 1903, João Ribeiro edita em 2 volumes tudo o que antes se publicara, nas Obras de 1768 ou esparsamente: Rio de Janeiro, H. Garnier. É ainda hoje a edição mais completa, com boa introdução e documentos valiosos embora tivessem ficado esquecidas as poesias publicadas pelo Dr. Ramiz Galvão no vol. III da Revista Brasileira, segundo aponta Afonso Pena Júnior (As "Cartas Chilenas", cit., prefácio, pág. XXXIX); 5) A edição de 1768 tem original conservado na Torre do Tombo, em Lisboa, Mesa Censória, manuscrito n.º 2113. Desse manuscrito constam composições que Cláudio anulou, por motivos de ordem literária ou pessoal, segundo informa Rodrigues Lapa (Revista do Livro n.º 9, pág. 10-11) e que esse erudito professor publicou na Revista de Filologia Portuguesa, São Paulo, 1925, e em Anhembi, São Paulo, n.º 23 (1952); 6) Em O Inconfidente Cláudio Manuel da Costa, Rio de Janeiro, Schmidt, 1931, Caio de Melo Franco deu à estampa as composições de Cláudio no ato acadêmico de 4 de setembro de 1768 (pág. 85-124) e O Parnaso Obsequioso, drama para se recitar em música, e de fato recitado no dia 5 de dezembro de 1768.

Já se impõe, portanto, nova edição das Obras Poéticas de Cláudio Manuel da Costa, tantos são hoje os dispersos. Nenhum destes vem numa relativamente bem cuidada edição, que reproduz apenas as poesias constantes das Obras de 1768: Obras, Livraria Bertrand, s. d. (prefácio datado de 1959), com introdução, bem estabelecida cronologia e boa bibliografia pelo prof. A. Soares Amora e restituição do texto por Ulpiano Bezerra de Meneses.

No que se refere às Cartas Chilenas, a crítica de atribuição tem dado ultimamente como de Cláudio apenas a autoria da Epístola, embora admita que ele possa ter posto a mão no texto de Gonzaga, num ou noutro ponto. ([31])

---

(31) Em 1759, Cláudio dava como publicadas mais duas obras de sua autoria: o *Culto Métrico* a uma Abadessa do Convento de Figueiró, editado em Coimbra; e a *Mafalda Triunfante*, "que se mandou imprimir e foi composto a empenho do Exmo. Sr. Bispo desta Diocese, a quem é dedicada".

BIBLIOGRAFIA SOBRE O AUTOR

Caio de Melo Franco, O Inconfidente Cláudio Manuel da Costa, *Rio de Janeiro, Schmidt Editor, 1931; Alberto Lamego,* A Academia Brasílica dos Renascidos, *Paris — Bruxelas, L'Édition d'Art Gaudio, 1923; João Ribeiro, Carta a José Veríssimo sobre a Vida e as Obras do Poeta,* em Obras Poéticas, *Rio de Janeiro, H. Garnier, 1903, 2 vols;* Revista do Instituto Histórico e Geográfico Brasileiro, *Comemoração do Centenário de Cláudio Manuel da Costa, Rio de Janeiro, tomo LIII parte I, 1890;* Revista da Academia Brasileira de Letras, *ano XX n.º 91, junho de 1929; M. Rodrigues Lapa,* As "Cartas Chilenas", *Um Problema Histórico e Filológico, Rio de Janeiro, Instituto Nacional do Livro, 1958; "Subsídios para a Biografia de Cláudio Manuel da Costa",* in Revista do Livro, *Rio de Janeiro, Instituto Nacional do Livro, março de 1958, pág. 7 a 25; Francesco Piccolo,* Cláudio Manuel da Costa, *Roma, Societá Amici del Brasile, 1939; Carla Inama,* Metastasio e i Poeti Arcadi Brasiliani, *São Paulo, Faculdade de Filosofia, Ciências e Letras da U.S.P., 1961;* Autos da Devassa da Inconfidência Mineira, *Rio de Janeiro, Biblioteca Nacional, 7 vols., 1936-1938. Ainda pode ser lido o que sobre Cláudio escreveu Sílvio Romero, na* História da Literatura Brasileira *(4.ª ed., José Olímpio, 1949, 5 vols.); entre os historiadores da Literatura atuais merece leitura José Aaeraldo Castello,* A Literatura Brasileira, *1.º vol., Manifestações Literárias da Era Colonial, São Paulo, Editora Cultrix, 1962. Em matéria de idéias gerais do período arcádico, podem ser vistos Hernani Cidade,* Lições de Cultura e Literatura Portuguesas, *2.º vol., Coimbra, Coimbra Editora, 3.ª ed., 1948; A. Soares Amora, "A Literatura do Setecentos",* em A Literatura no Brasil, *vol. I tomo I, 1956, Rio de Janeiro, Editorial Sul-Americana, pág. 455 a 463.*

PÉRICLES EUGÊNIO DA SILVA RAMOS

SONETOS

I

Para cantar de amor tenros cuidados,
Tomo entre vós, ó montes, o instrumento;
Ouvi pois o meu fúnebre lamento;
Se é, que de compaixão sois animados:

Já vós vistes, que aos ecos magoados
Do trácio Orfeu parava o mesmo vento;
Da lira de Anfião ao doce acento
Se viram os rochedos abalados.

Bem sei, que de outros gênios o Destino,
Para cingir de Apolo a verde rama,
Lhes influiu na lira estro divino: (¹)

O canto, pois, que a minha voz derrama,
Porque ao menos o entoa um peregrino,
Se faz digno entre vós também de fama.

II

Leia a posteridade, ó pátrio Rio,
Em meus versos teu nome celebrado;
Por que vejas uma hora despertado
O sono vil do esquecimento frio: (²)

Não vês nas tuas margens o sombrio,
Fresco assento de um álamo copado;
Não vês ninfa cantar, pastar o gado
Na tarde clara do calmoso estio.

Turvo banhando as pálidas areias
Nas porções do riquíssimo tesouro
O vasto campo da ambição recreias.

Que de seus raios o planeta louro
Enriquecendo o influxo em tuas veias,
Quanto em chamas fecunda, brota em ouro.

III

Pastores, que levais ao monte o gado,
Vede lá como andais por essa serra;
Que para dar contágio a toda a terra,
Basta ver-se o meu rosto magoado:

Eu ando (vós me vedes) tão pesado;
E a pastora infiel, que me faz guerra,
É a mesma, que em seu semblante encerra
A causa de um martírio tão cansado.

Se a quereis conhecer, vinde comigo,
Vereis a formosura, que eu adoro;
Mas não; tanto não sou vosso inimigo:

Deixai, não a vejais; eu vo-lo imploro;
Que se seguir quiserdes, o que eu sigo,
Chorareis, ó pastores, o que eu choro.

IV

Sou pastor; não te nego; os meus montados
São esses, que aí vês; vivo contente
Ao trazer entre a relva florescente
A doce companhia dos meus gados;

Ali me ouvem os troncos namorados,
Em que se transformou a antiga gente;
Qualquer deles o seu estrago sente; (³)
Como eu sinto também os meus cuidados.

Vós, ó troncos, (lhes digo) que algum dia
Firmes vos contemplastes, e seguros
Nos braços de uma bela companhia;

Consolai-vos comigo, ó troncos duros;
Que eu alegre algum tempo assim me via;
E hoje os tratos de Amor choro perjuros.

V

Se sou pobre pastor, se não governo
Reinos, nações, províncias, mundo, e gentes;
Se em frio, calma, e chuvas inclementes
Passo o verão, outono, estio, inverno; (⁴)

Nem por isso trocara o abrigo terno
Desta choça, em que vivo, coas enchentes
Dessa grande fortuna: assaz presentes
Tenho as paixões desse tormento eterno.

Adorar as traições, amar o engano,
Ouvir dos lastimosos o gemido,
Passar aflito o dia, o mês, e o ano;

Seja embora prazer; que a meu ouvido
Soa melhor a voz do desengano,
Que da torpe lisonja o infame ruído.

VI

Brandas ribeiras, quanto estou contente
De ver-nos outra vez, se isto é verdade!
Quanto me alegra ouvir a suavidade,
Com que Fílis entoa a voz cadente!

Os rebanhos, o gado, o campo, a gente,
Tudo me está causando novidade:
Oh como é certo, que a cruel saudade
Faz tudo, do que foi, mui diferente!

Recebei (eu vos peço) um desgraçado,
Que andou té agora por incerto giro
Correndo sempre atrás do seu cuidado:

Este pranto, estes ais, com que respiro,
Podendo comover o vosso agrado,
Façam digno de vós o meu suspiro.

VII

Onde estou? Este sítio desconheço:
Quem fez tão diferente aquele prado?
Tudo outra natureza tem tomado;
E em contemplá-lo tímido esmoreço.

Uma fonte aqui houve; eu não me esqueço
De estar a ela um dia reclinado:
Ali em vale um monte está mudado:
Quanto pode dos anos o progresso!

Árvores aqui vi tão florescentes,
Que faziam perpétua a primavera:
Nem troncos vejo agora decadentes.

Eu me engano: a região esta não era:
Mas que venho a estranhar, se estão presentes
Meus males, com que tudo degenera!

VIII

Este é o rio, a montanha é esta,
Estes os troncos, estes os rochedos;
São estes inda os mesmos arvoredos;
Esta é a mesma rústica floresta.

Tudo cheio de horror se manifesta,
Rio, montanha, troncos, e penedos;
Que de amor nos suavíssimos enredos
Foi cena alegre, e urna é já funesta.

Oh quão lembrado estou de haver subido
Aquele monte, e as vezes, que baixando
Deixei do pranto o vale umedecido!

Tudo me está a memória retratando;
Que da mesma saudade o infame ruído
Vem as mortas espécies despertando.(⁵)

IX

Pouco importa, formosa Daliana,
Que fugindo de ouvir-me, o fuso tomes;
Se quanto mais me afliges, e consomes,
Tanto te adoro mais, bela serrana.

Ou já fujas do abrigo da cabana,
Ou sobre os altos montes mais te assomes,
Faremos imortais os nossos nomes,
Eu por ser firme, tu por ser tirana.

Um obséquio, que foi de amor rendido, (⁶)
Bem pode ser, pastora, desprezado;
Mas nunca se verá desvanecido:

Sim, que para lisonja do cuidado,
Testemunhas serão de meu gemido
Este monte, este vale, aquele prado.

X

Eu ponho esta sanfona, tu, Palemo,
Porás a ovelha branca, e o cajado;
E ambos ao som da flauta magoado
Podemos competir de extremo a extremo.

Principia, pastor; que eu te não temo;
Inda que sejas tão avantajado
No cântico amebeu: para louvado (⁷)
Escolhamos embora o velho Alcemo.

Que esperas? Toma a flauta, principia;
Eu quero acompanhar-te; os horizontes
Já se enchem de prazer, e de alegria:

Parece, que estes prados, e estas fontes
Já sabem, que é o assunto da porfia
Nise, a melhor pastora destes montes.

XI

Formosa é Daliana; o seu cabelo,
A testa, a sobrancelha é peregrina;
Mas nada tem, que ver coa bela Eulina,
Que é todo o meu amor, o meu desvelo:

Parece escura a neve em paralelo
Da sua branca face; onde a bonina
As cores misturou na cor mais fina,
Que faz sobressair seu rosto belo.

Tanto os seus lindos olhos enamoram,
Que arrebatados, como em doce encanto,
Os que a chegam a ver, todos a adoram.

Se alguém disser, que a engrandeço tanto
Veja, para desculpa dos que choram (⁸)
Veja a Eulina; e então suspenda o pranto.

XII

Fatigado da calma se acolhia
Junto o rebanho à sombra dos salgueiros;

E o sol, queimando os ásperos oiteiros,
Com violência maior no campo ardia.

Sufocava-se o vento, que gemia
Entre o verde matiz dos sovereiros;
E tanto ao gado, como aos pegureiros
Desmaiava o calor do intenso dia.

Nesta ardente estação, de fino amante
Dando mostras Daliso, atravessava
O campo todo em busca de Violante.

Seu descuido em seu fogo desculpava;
Que mal feria o sol tão penetrante,
Onde maior incêndio a alma abrasava.

XIII

Nise? Nise? onde estás? Aonde espera
Achar-te uma alma, que por ti suspira,
Se quanto a vista se dilata, e gira,
Tanto mais de encontrar-te desespera!

Ah se ao menos teu nome ouvir pudera
Entre esta aura suave, que respira!
Nise, cuido, que diz; mas é mentira.
Nise, cuidei que ouvia; e tal não era.

Grutas, troncos, penhascos da espessura,
Se o meu bem, se a minha alma em vós se esconde,
Mostrai, mostrai-me a sua formosura.

Nem ao menos o eco me responde!
Ah como é certa a minha desventura!
Nise? Nise? onde estás? aonde? aonde?

XIV

Quem deixa o trato pastoril amado
Pela ingrata, civil correspondência,
Ou desconhece o rosto da violência,
Ou do retiro a paz não tem provado.

Que bem é ver nos campos transladado
No gênio do pastor, o da inocência!
E que mal é no trato, e na aparência
Ver sempre o cortesão dissimulado!

Ali respira amor sinceridade;
Aqui sempre a traição seu rosto encobre;
Um só trata a mentira, outro a verdade.

Ali não há fortuna, que soçobre;
Aqui quanto se observa, é variedade:
Oh ventura do rico! Oh bem do pobre!

XV

Formoso, e manso gado, que pascendo
A relva andais por entre o verde prado,
Venturoso rebanho, feliz gado,
Que à bela Antandra estais obedecendo;

Já de Corino os ecos percebendo
A frente levantais, ouvis parado;
Ou já de Alcino ao canto levantado,
Pouco e pouco vos ides recolhendo;

Eu, o mísero Alfeu, que em meu destino
Lamento as sem-razões da desventura,
A seguir-vos também hoje me inclino:

Medi meu rosto: ouvi minha ternura;
Porque o aspecto, e voz de um peregrino
Sempre faz novidade na espessura.

XVI

Toda a mortal fadiga adormecia
No silêncio, que a noite convidava;
Nada o sono suavíssimo alterava
Na muda confusão da sombra fria:

Só Fido, que de amor por Lise ardia,
No sossego maior não repousava;
Sentindo o mal, com lágrimas culpava
A sorte; porque dela se partia.

Vê Fido, que o seu bem lhe nega a sorte;
Querer enternecê-la é inútil arte;
Fazer o que ela quer, é rigor forte:

Mas de modo entre as penas se reparte;
Que à Lise rende a alma, a vida à morte:
Por que uma parte alente a outra parte.

XVII

Deixa, que por um pouco aquele monte
Escute a glória, que a meu peito assiste:
Porque nem sempre lastimoso, e triste
Hei de chorar à margem desta fonte.

Agora, que nem sombra há no horizonte,
Nem o álamo ao zéfiro resiste,
Aquela hora ditosa, em que me viste
Na posse de meu bem, deixa, que conte.

Mas que modo, que acento, que harmonia
Bastante pode ser, gentil pastora,
Para explicar afetos de alegria!

Que hei de dizer, se esta alma, que te adora,
Só costumada às vozes da agonia,
A frase do prazer ainda ignora!

XVIII

Aquela cinta azul, que o céu estende
À nossa mão esquerda, aquele grito,
Com que está toda a noite o corvo aflito
Dizendo um não sei quê, que não se entende;

Levantar-me de um sonho, quando atende
O meu ouvido um mísero conflito,
A tempo, que o voraz lobo maldito
A minha ovelha mais mimosa ofende;

Encontrar a dormir tão preguiçoso
Melampo, o meu fiel, que na manada
Sempre desperto está, sempre ansioso;

Ah! queira Deus, que minta a sorte irada:
Mas de tão triste agouro cuidadoso
Só me lembro de Nise, e de mais nada.

XIX

Corino, vai buscar aquela ovelha,
Que grita lá no campo, e dormiu fora;
Anda; acorda, pastor; que sai a Aurora:
Como vem tão risonha, e tão vermelha!

Já perdi noutro tempo uma parelha
Por teu respeito; queira Deus, que agora
Não se me vá também estoutra embora;
Pois não queres ouvir, quem te aconselha.

Que sono será este tão pesado!
Nada responde, nada diz Corino:
Ora em que mãos está meu pobre gado!

Mas ai de mim! que cego desatino.
Como te hei de acusar de descuidado,
Se toda a culpa tua é meu destino!

XX

Ai de mim! como estou tão descuidado!
Como do meu rebanho assim me esqueço,
Que vendo-o trasmalhar no mato espesso,
Em lugar de o tornar, fico pasmado!

Ouço o rumor que faz desaforado
O lobo nos redis; ouço o sucesso (⁹)
Da ovelha, do pastor; e desconheço
Não menos, do que ao dono, o mesmo gado:

Da fonte dos meus olhos nunca enxuta
A corrente fatal, fico indeciso,
Ao ver, quanto em meu dano se executa.

Um pouco apenas meu pesar suavizo,
Quando nas serras o meu mal se escuta;
Que triste alívio! ah infeliz Daliso!

XXI

De um ramo desta faia pendurado
Veja o instrumento estar do pastor Fido;
Daquele, que entre os mais era aplaudido,
Se alguma vez nas selvas escutado.

Ser-lhe-á eternamente consagrado
Um ai saudoso, um fúnebre gemido;
Enquanto for no monte repetido
O seu nome, o seu canto levantado.

Se chegas a este sítio, e te persuade
A algum pesar a sua desventura,
Corresponde em afetos de piedade;

Lembra-te, caminhante, da ternura
De seu canto suave; e uma saudade
Por obséquio dedica à sepultura. ([10])

XXII

Neste álamo sombrio, aonde a escura
Noite produz a imagem do segredo;
Em que apenas distingue o próprio medo
Do feio assombro a hórrida figura; ([11])

Aqui, onde não geme, nem murmura
Zéfiro brando em fúnebre arvoredo,
Sentado sobre o tosco de um penedo
Chorava Fido a sua desventura.

Às lágrimas a penha enternecida
Um rio fecundou, donde manava
D'ânsia mortal a cópia derretida: ([12])

A natureza em ambos se mudava;
Abalava-se a penha comovida;
Fido, estátua da dor, se congelava.

XXIII

Tu sonora corrente, fonte pura,
Testemunha fiel da minha pena,
Sabe, que a sempre dura, e ingrata Almena
Contra o meu rendimento se conjura: ([13])

Aqui me manda estar nesta espessura,
Ouvindo a triste voz da filomena, ([14])
E bem que este martírio hoje me ordena,
Jamais espero ter melhor ventura.

Veio a dar-me somente uma esperança
Nova idéia do ódio; pois sabia, ([15])
Que o rigor não me assusta, nem me cansa:

Vendo a tanto crescer minha porfia,
Quis mudar de tormento; e por vingança
Foi buscar no favor a tirania. ([16])

XXIV

Sonha em torrentes d'água, o que abrasado
Na sede ardente está; sonha em riqueza

Aquele, que no horror de uma pobreza
Anda sempre infeliz, sempre vexado:

Assim na agitação de meu cuidado
De um contínuo delírio esta alma presa,
Quando é tudo rigor, tudo aspereza,
Me finjo no prazer de um doce estado.

Ao despertar a louca fantasia
Do enfermo, do mendigo, se descobre
Do torpe engano seu a imagem fria:

Que importa pois, que a idéia alívios cobre,
Se apesar desta ingrata aleivosia, (17)
Quanto mais rico estou, estou mais pobre.

XXV

Não de tigres as testas descarnadas,
Não de hircanos leões a pele dura, (18)
Por sacrifício à tua formosura,
Aqui te deixo, ó Lise, penduradas:

Ânsias ardentes, lágrimas cansadas,
Com que meu rosto enfim se desfigura,
São, bela ninfa, a vítima mais pura,
Que as tuas aras guardarão sagradas.

Outro as flores, e frutos, que te envia,
Corte nos montes, corte nas florestas;
Que eu rendo as mágoas, que por ti sentia:

Mas entre flores, frutos, peles, testas,
Para adornar o altar da tirania,
Que outra vítima queres mais, do que estas?

XXVI

Não vês, Nise, este vento desabrido,
Que arranca os duros troncos? Não vês esta,
Que vem cobrindo o céu, sombra funesta,
Entre o horror de um relâmpago incendido?

Não vês a cada instante o ar partido
Dessas linhas de fogo? Tudo cresta,
Tudo consome, tudo arrasa, e infesta, (19)
O raio a cada instante despedido.

Ah! não temas o estrago, que ameaça
A tormenta fatal; que o Céu destina
Vejas mais feia, mais cruel desgraça:

Rasga o meu peito, já que és tão ferina;
Verás a tempestade, que em mim passa;
Conhecerás então, o que é ruína.

XXVII

Apressa-se a tocar o caminhante
O pouso, que lhe marca a luz do dia;
E da sua esperança se confia,
Que chegue a entrar no porto o navegante;

Nem aquele sem termo passa avante
Na longa, duvidosa e incerta via;
Nem este atravessando a região fria
Vai levando sem rumo o curso errante:

Depois que um breve tempo houver passado,
Um se verá sobre a segura areia,
Chegará o outro ao sítio desejado:

Eu só, tendo de penas a alma cheia,
Não tenho, que esperar; que o meu cuidado
Faz, que gire sem norte a minha idéia.

XXVIII

Faz a imaginação de um bem amado,
Que nele se transforme o peito amante;
Daqui vem, que a minha alma delirante
Se não distingue já do meu cuidado.

Nesta doce loucura arrebatado
Anarda cuido ver, bem que distante;
Mas ao passo, que a busco, neste instante
Me vejo no meu mal desenganado.

Pois se Anarda em mim vive, e eu nela vivo,
E por força da idéia me converto
Na bela causa de meu fogo ativo;

Como nas tristes lágrimas, que verto,
Ao querer contrastar seu gênio esquivo, ([20])
Tão longe dela estou, e estou tão perto.

XXIX

Ai Nise amada! se este meu tormento,
Se estes meus sentidíssimos gemidos
Lá no teu peito, lá nos teus ouvidos
Achar pudessem brando acolhimento;

Como alegre em servir-te, como atento
Meus votos tributara agradecidos!
Por séculos de males bem sofridos
Trocara todo o meu contentamento.

Mas se na incontrastável, pedra dura (²¹)
De teu rigor não há correspondência,
Para os doces afetos de ternura;

Cesse de meus suspiros a veemência;
Que é fazer mais soberba a formosura
Adorar o rigor da resistência.

XXX

Não se passa, meu bem, na noite, e dia
Uma hora só, que a mísera lembrança
Te não tenha presente na mudança,
Que fez, para meu mal, minha alegria.

Mil imagens debuxa a fantasia,
Com que mais me atormenta e mais me cansa:
Pois se tão longe estou de uma esperança,
Que alívio pode dar-me esta porfia!

Tirano foi comigo o fado ingrato;
Que crendo, em te roubar, pouca vitória,
Me deixou para sempre o teu retrato:

Eu me alegrara da passada glória,
Se quando me faltou teu doce trato,
Me faltara também dele a memória.

XXXI

Estes os olhos são da minha amada:
Que belos, que gentis, e que formosos!
Não são para os mortais tão preciosos
Os doces frutos da estação dourada.

Por eles a alegria derramada,
Tornam-se os campos de prazer gostosos;

Em zéfiros suaves, e mimosos
Toda esta região se vê banhada;

Vinde, olhos belos, vinde; e enfim trazendo
Do rosto de meu bem as prendas belas,
Dai alívios ao mal, que estou gemendo:

Mas ah delírio meu, que me atropelas!
Os olhos, que eu cuidei, que estava vendo,
Eram (quem crera tal!) duas estrelas.

XXXII

Se os poucos dias, que vivi contente,
Foram bastantes para o meu cuidado,
Que pode vir a um pobre desgraçado,
Que a idéia de seu mal não acrescente!

Aquele mesmo bem, que me consente,
Talvez propício, meu tirano fado,
Esse mesmo me diz, que o meu estado
Se há de mudar em outro diferente.

Leve pois a fortuna os seus favores;
Eu os desprezo já; porque é loucura
Comprar a tanto preço as minhas dores:

Se quer, que me não queixe, a sorte escura,
Ou saiba ser mais firme nos rigores,
Ou saiba ser constante na brandura.

XXXIII

Aqui sobre esta pedra, áspera, e dura,
Teu nome hei de estampar, ó Francelisa,
A ver, se o bruto mármore eterniza
A tua, mais que ingrata, formosura.

Já cintilam teus olhos: a figura
Avultando já vai; quanto indecisa
Pasmou na efígie a idéia, se divisa
No engraçado relevo da escultura.

Teu rosto aqui se mostra; eu não duvido,
Acuses meu delírio, quando trato
De deixar nesta pedra o vulto erguido;

É tosca a prata, o ouro é menos grato;
Contemplo o teu rigor: oh que advertido!
Só me dá esta penha o teu retrato! ([22])

XXXIV

Que feliz fora o mundo, se perdida
A lembrança de amor, de amor a glória,
Igualmente dos gostos a memória
Ficasse para sempre consumida!

Mas a pena mais triste, e mais crescida
É ver, que em nenhum tempo é transitória
Esta de amor fantástica vitória,
Que sempre na lembrança é repetida.

Amantes, os que ardeis nesse cuidado,
Fugi de amor ao venenoso intento,
Que lá para o depois vos tem guardado.

Não vos engane o infiel contentamento;
Que esse presente bem, quando passado,
Sobrará para idéia do tormento.

XXXV

Aquele, que enfermou de desgraçado,
Não espere encontrar ventura alguma:
Que o Céu ninguém consente, que presuma,
Que possa dominar seu duro fado.

Por mais, que gire o espírito cansado
Atrás de algum prazer, por mais em suma,
Que porfie, trabalhe, e se consuma,
Mudança não verá do triste estado.

Não basta algum valor, arte, ou engenho
A suspender o ardor, com que se move
A infausta roda do fatal despenho: (²³)

E bem que o peito humano as forças prove,
Que há de fazer o temerário empenho,
Onde o raio é do Céu, a mão de Jove.

XXXVI

Estes braços, Amor, com quanta glória
Foram trono feliz na formosura!
Mas este coração com que ternura
Hoje chora infeliz esta memória!

Quanto vês, é troféu de uma vitória,
Que o destino em seu templo dependura:

De uma dor esta estampa é só figura,
Na fé oculta, no pesar notória. (²⁴)

Saiba o mundo de teu funesto enredo;
Por que desde hoje um coração amante
De adorar teus altares tenha medo:

Mas que empreendo, se ao passo, que constante
Vou a romper a fé do meu segredo,
Não há, quem acredite um delirante!

XXXVII

Continuamente estou imaginando,
Se esta vida, que logro, tão pesada,
Há de ser sempre aflita, e magoada,
Se como o tempo enfim se há de ir mudando:

Em golfos de esperança flutuando
Mil vezes busco a praia desejada;
E a tormenta outra vez não esperada
Ao pélago infeliz me vai levando. (²⁵)

Tenho já o meu mal tão descoberto,
Que eu mesmo busco a minha desventura;
Pois não pode ser mais seu desconcerto.

Que me pode fazer a sorte dura,
Se para não sentir seu golpe incerto,
Tudo o que foi paixão, é já loucura!

XXXVIII

Quando, formosa Nise, dividido
De teus olhos estou nesta distância,
Pinta a saudade, à força de minha ânsia,
Toda a memória do prazer perdido.

Lamenta o pensamento amortecido
A tua ingrata, pérfida inconstância;
E quanto observa, é só a vil jactância
Do fado, que os troféus tem conseguido.

Aonde a dita está? aonde o gosto?
Onde o contentamento? onde a alegria,
Que fecundava esse teu lindo rosto?

Tudo deixei, ó Nise, aquele dia,
Em que deixando tudo, o meu desgosto
Somente me seguiu por companhia.

XXXIX

Breves horas, Amor, há, que eu gozava
A glória, que minha alma apetecia;
E sem desconfiar da aleivosia,
Teu lisonjeiro obséquio acreditava. (²⁶)

Eu só à minha dita me igualava;
Pois assim avultava, assim crescia,
Que nas cenas, que então me oferecia,
O maior gosto, o maior bem lograva;

Fugiu, faltou-me o bem: já descomposta
Da vaidade a brilhante arquitetura,
Vê-se a ruína ao desengano exposta:

Que ligeira acabou, que mal segura!
Mas que venho a estranhar, se estava posta
Minha esperança em mãos da formosura!

XL

Quem chora ausente aquela formosura,
Em que seu maior gosto deposita,
Que bem pode gozar, que sorte, ou dita,
Que não seja funesta, triste, e escura!

A apagar os incêndios da loucura
Nos braços da esperança Amor me incita:
Mas se era a que perdi, glória infinita,
Outra igual que esperança me assegura!

Já de tanto delírio me despeço;
Porque o meu precipício encaminhado (²⁷)
Pela mão deste engano reconheço.

Triste! A quanto chegou meu duro fado!
Se de um fingido bem não faço apreço,
Que alívio posso dar a meu cuidado!

XLI

Injusto Amor, se de teu jugo isento
Eu vira respirar a liberdade,
Se eu pudesse da tua divindade
Cantar um dia alegre o vencimento; (²⁸)

Não lograras, Amor, que o meu tormento,
Vítima ardesse a tanta crueldade;
Nem se cobrira o campo da vaidade
Desses troféus, que paga o rendimento: ([29])

Mas se fugir não pude ao golpe ativo,
Buscando por meu gosto tanto estrago, ([30])
Por que te encontro, Amor, tão vingativo?

Se um tal despojo a teus altares trago,
Siga a quem te despreza, o raio esquivo;
Alente a quem te busca, o doce afago.

XLII

Morfeu doces cadeias estendia,
Com que os cansados membros me enlaçava;
E quanto mal o coração passava,
Em sonhos me debuxa a fantasia.

Lise presente vi, Lise, que um dia
Todo o meu pensamento arrebatava,
Lise, que na minha alma impressa estava,
Bem apesar da sua tirania.

Corro a prendê-la em amorosos laços
Buscando a sombra, que apertar intento;
Nada vejo (ai de mim!) perco os meus passos.

Então mais acredito o fingimento:
Que ao ver, que Lise foge de meus braços,
A crê pelo costume o pensamento. ([31])

XLIII

Quem és tu? (ai de mim!) eu reclinado
No seio de uma víbora! Ah tirana!
Como entre as garras de uma tigre hircana ([32])
Me encontro de repente sufocado!

Não era essa, que eu tinha posta ao lado,
Da minha Nise a imagem soberana?
Não era... mas que digo! ela me engana:
Sim, que eu a vejo ainda no mesmo estado:

Pois como no letargo a fantasia
Tão cruel ma pintou, tão inconstante,
Que a vi...? mas nada vi; que eu nada cria.

Foi sonho; foi quimera; a um peito amante
Amor não deu favores um só dia,
Que a sombra de um tormento os não quebrante.

XLIV

Há quem confie, Amor, na segurança
De um falsíssimo bem, com que dourando
O veneno mortal, vás enganando (^{33})
Os tristes corações numa esperança!

Há quem ponha inda cego a confiança
Em teu fingido obséquio, que tomando (^{34})
Lições de desengano, não vá dando
Pelo mundo certeza da mudança!

Há quem creia, que pode haver firmeza
Em peito feminil, quem advertido (^{35})
Os cultos não profane da beleza!

Há inda, e há de haver, eu não duvido,
Enquanto não mudar a Natureza
Em Nise a formosura, o amor em Fido.

XLV

A cada instante, Amor, a cada instante
No duvidoso mar de meu cuidado
Sinto de novo um mal, e desmaiado
Entrego aos ventos a esperança errante.

Por entre a sombra fúnebre, e distante
Rompe o vulto do alívio mal formado;
Ora mais claramente debuxado,
Ora mais frágil, ora mais constante.

Corre o desejo ao vê-lo descoberto;
Logo aos olhos mais longe se afigura,
O que se imaginava muito perto.

Faz-se parcial da dita a desventura;
Porque nem permanece o dano certo,
Nem a glória tão pouco está segura. (^{36})

XLVI

Não vês, Lise, brincar esse menino
Com aquela avezinha? Estende o braço;

Deixa-a fugir; mas apertando o laço,
A condena outra vez ao seu destino?

Nessa mesma figura, eu imagino,
Tens minha liberdade; pois ao passo,
Que cuido, que estou livre do embaraço,
Então me prende mais meu desatino.

Em um contínuo giro o pensamento
Tanto a precipitar-me se encaminha, ([37])
Que não vejo onde pare o meu tormento.

Mas fora menos mal esta ânsia minha,
Se me faltasse a mim o entendimento,
Como falta a razão a esta avezinha.

XLVII

Que inflexível se mostra, que constante
Se vê este penhasco! já ferido
Do proceloso vento, e já batido
Do mar, que nele quebra a cada instante!

Não vi; nem hei de ver mais semelhante
Retrato dessa ingrata, a que o gemido
Jamais pode fazer, que enternecido
Seu peito atenda às queixas de um amante.

Tal és, ingrata Nise: a rebeldia,
Que vês nesse penhasco, essa dureza
Há de ceder aos golpes algum dia:

Mas que diversa é tua natureza!
Dos contínuos excessos da porfia,
Recobras novo estímulo à fereza.

XLVIII

Traidoras horas do enganoso gosto,
Que nunca imaginei, que o possuía,
Que ligeiras passastes! mal podia
Deixar aquele bem de ser suposto.

Já de parte o tormento estava posto;
E meu peito saudoso, que isto via,
As imagens da pena desmentia,
Pintando da ventura alegre o rosto.

Desanda então a fábrica elevada,
Que o plácido Morfeu tinha erigido,
Das espécies do sono fabricada: (³⁸)

Então é, que desperta o meu sentido,
Para observar na pompa destroçada,
Verdadeira a ruína, o bem fingido.

XLIX

Os olhos tendo posto, e o pensamento
No rumo, que demanda, mais distante;
As ondas bate o Grego Navegante,
Entregue o leme ao mar, a vela ao vento;

Em vão se esforça o harmonioso acento
Da sereia, que habita o golfo errante; (³⁹)
Que resistindo o espírito constante,
Vence as lisonjas do enganoso intento. (⁴⁰)

Se pois, ninfas gentis, rompe a Cupido
O arco, a flecha, o dardo, a chama acesa
De um peito entre os heróis esclarecido;

Que vem buscar comigo a néscia empresa,
Se inda mais, do que Ulisses atrevido,
Sei vencer os encantos da beleza!

L

Memórias do presente, e do passado
Fazem guerra cruel dentro em meu peito;
E bem que ao sofrimento ando já feito,
Mais que nunca desperta hoje o cuidado.

Que diferente, que diverso estado
É este, em que somente o triste efeito
Da pena, a que meu mal me tem sujeito,
Me acompanha entre aflito, e magoado!

Tristes lembranças! e que em vão componho
A memória da vossa sombra escura!
Que néscio em vós a ponderar me ponho!

Ide-vos; que em tão mísera loucura
Todo o passado bem tenho por sonho;
Só é certa a presente desventura.

LI

Adeus, ídolo belo, adeus, querido,
Ingrato bem; adeus: em paz te fica;
E essa vitória mísera publica,
Que tens barbaramente conseguido.

Eu parto, eu sigo o norte aborrecido
De meu fado infeliz: agora rica
De despojos, a teu desdém aplica
O rouco acento de um mortal gemido.

E se acaso alguma hora menos dura
Lembrando-te de um triste, consultares
A série vil da sua desventura;

Na imensa confusão de seus pesares
Acharás, que ardeu simples, ardeu pura
A vítima de uma alma em teus altares.

LII

Que molesta lembrança, que cansada
Fadiga é esta! vejo-me oprimido,
Medindo pela mágoa do perdido
A grandeza da glória já passada.

Foi grande a dita sim; porém lembrada,
Inda a pena é maior de a haver perdido;
Quem não fora feliz, se o haver sido
Faz, que seja a paixão mais avultada!

Propício imaginei (é bem verdade)
O malévolo fado: oh quem pudera
Conhecer logo a hipócrita piedade!

Mas que em vão esta dor me desespera,
Se já entorpecida a enfermidade,
Inda agora o remédio se pondera!

LIII

Ou já sobre o cajado te reclines,
Venturoso pastor, ou já tomando
Para a serra, onde as cabras vais chamando,
A fugir os meus ais te determines.

Lá te quero seguir, onde examines
Mais vivamente um coração tão brando;
Que gosta só de ouvir-te, ainda quando
Mais sem razão me acuses, mais criminas.

Que te fiz eu, pastor? em que condenas
Minha sincera fé, meu amor puro?
As provas, que te dei, serão pequenas?

Queres ver, que esse monte áspero, e duro
Sabe, que és causa tu das minhas penas?
Pergunta-lhe; ouvirás, o que te juro. ([41])

LIV

Ninfas gentis, eu sou, o que abrasado
Nos incêndios de Amor, pude alguma hora,
Ao som da minha cítara sonora,
Deixar o vosso império acreditado.

Se vós, glórias de amor, de amor cuidado,
Ninfas gentis, a quem o mundo adora,
Não ouvis os suspiros, de quem chora,
Ficai-vos; eu me vou; sigo o meu fado.

Ficai-vos; e sabei, que o pensamento
Vai tão livre de vós, que da saudade
Não receia abrasar-se no tormento.

Sim; que solta dos laços a vontade,
Pelo rio hei de ter do esquecimento ([42])
Este, aonde jamais achei piedade.

LV

Em profundo silêncio já descansa
Todo o mortal; e a minha triste idéia
Se estende, se dilata, se recreia
Pelo espaçoso campo da lembrança.

Fatiga-se, prossegue, em vão se cansa;
E neste vário giro, em que se enleia,
Ao duvidoso passo já receia,
Que lhe possa faltar a segurança.

Que diferente tudo está notando!
Que perplexo as imagens do perdido
Num e noutro despojo vem achando! ([43])

Este não é o templo (eu o duvido)
Assim o afirma, assim o está mostrando:
Ou morreu Nise, ou este não é Fido.

LVI

Tu, ninfa, quando eu menos penetrado
Das violências de Amor vivia isento,
Propondo-te então bela a meu tormento,
Foste doce ocasião de meu cuidado.

Roubaste o meu sossego, um doce agrado,
Um gesto lindo, um brando acolhimento
Foram somente o único instrumento,
Com que deixaste o triunfo assegurado.

Já não espero ter felicidade,
Salvo se for aquela, que confio,
Por amar-te, apesar dessa impiedade.

Em prêmio dos suspiros, que te envio,
Ou modera o rigor da crueldade,
Ou torna-me outra vez meu alvedrio.

LVII

Bela imagem, emprego idolatrado,
Que sempre na memória repetido,
Estás, doce ocasião de meu gemido,
Assegurando a fé de meu cuidado.

Tem-te a minha saudade retratado;
Não para dar alívio a meu sentido;
Antes cuido; que a mágoa do perdido
Quer aumentar coa pena de lembrado.

Não julgues, que me alento com trazer-te
Sempre viva na idéia; que a vingança
De minha sorte todo o bem perverte.

Que alívio em te lembrar minha alma alcança,
Se do mesmo tormento de não ver-te,
Se forma o desafogo da lembrança?

LVIII

Altas serras, que ao Céu estais servindo
De muralhas, que o tempo não profana,

Se Gigantes não sois, que a forma humana
Em duras penhas foram confundindo?

Já sobre o vosso cume se está rindo
O Monarca da luz, que esta alma engana; (⁴⁴)
Pois na face, que ostenta, soberana,
O rosto de meu bem me vai fingindo.

Que alegre, que mimoso, que brilhante
Ele se me afigura! Ah qual efeito
Em minha alma se sente neste instante!

Mas ai! a que delírios me sujeito!
Se quando no Sol vejo o seu semblante,
Em vós descubro ó penhas o seu peito?

LIX

Lembrado estou, ó penhas, que algum dia,
Na muda solidão deste arvoredo,
Comuniquei convosco o meu segredo,
E apenas brando o zéfiro me ouvia.

Com lágrimas meu peito enternecia
A dureza fatal deste rochedo,
E sobre ele uma tarde triste, e quedo
A causa de meu mal eu escrevia.

Agora torno a ver, se a pedra dura
Conserva ainda intacta essa memória,
Que debuxou então minha escultura.

Que vejo! esta é a cifra: triste glória! (⁴⁵)
Para ser mais cruel a desventura,
Se fará imortal a minha história.

LX

Valha-te Deus, cansada fantasia!
Que mais queres de mim? que mais pretendes?
Se quando na esperança mais te acendes,
Se desengana mais tua porfia!

Vagando regiões de dia em dia,
Novas conquistas, e troféus empreendes:
Ah que conheces mal, que mal entendes,
Onde chega do fado a tirania!

Trata de acomodar-te ao movimento
Dessa roda volúvel, e descansa (⁴⁶)
Sobre tão fatigado pensamento.

E se inda crês no rosto da esperança,
Examina por dentro o fingimento;
E verás tempestade o que é bonança.

LXI

Deixemo-nos, Algano, de porfia;
Que eu sei o que tu és, contra a verdade
Sempre hás de sustentar, que a divindade
Destes campos é Brites, não Maria!

Ora eu te mostrarei inda algum dia,
Em que está teu engano: a novidade,
Que agora te direi, é, que a cidade
Por melhor, do que todas a avalia.

Há pouco, que encontrei lá junto ao monte
Dous pastores, que estavam conversando,
Quando passaram ambas para a fonte;

Nem falaram em Brites: mas tomando
Para um cedro, que fica bem defronte,
O nome de Maria vão gravando.

LXII

Torno a ver-vos, ó montes; o destino
Aqui me torna a pôr nestes oiteiros;
Onde um tempo os gabões deixei grosseiros
Pelo traje da Corte rico, e fino.

Aqui estou entre Almendro, entre Corino,
Os meus fiéis, meus doces companheiros,
Vendo correr os míseros vaqueiros
Atrás de seu cansado desatino.

Se o bem desta choupana pode tanto,
Que chega a ter mais preço, e mais valia,
Que da cidade o lisonjeiro encanto;

Aqui descanse a louca fantasia;
E o que té agora se tornava em pranto,
Se converta em afetos de alegria.

LXIII

Já me enfado de ouvir este alarido,
Com que se engana o mundo em seu cuidado;

Quero ver entre as peles, e o cajado,
Se melhora a fortuna de partido.

Canse embora a lisonja ao que ferido
Da enganosa esperança anda magoado;
Que eu tenho de acolher-me sempre ao lado
Do velho desengano, apercebido.

Aquele adore as roupas de alto preço,
Um siga a ostentação, outro a vaidade;
Todos se enganam com igual excesso.

Eu não chamo a isto já felicidade:
Ao campo me recolho, e reconheço,
Que não há maior bem, que a soledade.

LXIV

Que tarde nasce o Sol, que vagaroso!
Parece, que se cansa, de que a um triste
Haja de aparecer: quanto resiste
A seu raio este sítio tenebroso!

Não pode ser, que o giro luminoso
Tanto tempo detenha: se persiste
Acaso o meu delírio! se me assiste
Ainda aquele humor tão venenoso!

Aquela porta ali se está cerrando;
Dela sai um pastor: outro assobia,
E o gado para o monte vai chamando.

Ora não há mais louca fantasia!
Mas quem anda, como eu, assim penando,
Não sabe, quando é noite, ou quando é dia.

LXV

Ingrata foste, Elisa; eu te condeno
A injusta sem-razão; foste tirana,
Em renderes, belíssima serrana,
A tua liberdade ao néscio Almeno.

Que achaste no seu rosto de sereno,
De belo, ou de gentil, para inumana
Trocares pela dele esta choupana,
Em que tinhas o abrigo mais ameno?

Que canto em teu louvor entoaria?
Que te podia dar o pastor pobre?
Que extremos, mais do que eu, por ti faria?

O meu rebanho estas montanhas cobre:
Eu os excedo a todos na harmonia;
Mas ah que ele é feliz! Isto lhe sobre. (⁴⁷)

LXVI

Não te assuste o prodígio: eu, caminhante,
Sou uma voz, que nesta selva habito;
Chamei-me o pastor Fido; de um delito
Me veio o meu estrago; eu fui amante. (⁴⁸)

Uma ninfa perjura, uma inconstante
Neste estado me pôs: do peito aflito,
Por eterno castigo, arranco um grito,
Que desengane o peregrino errante.

Se em ti se dá piedade, ó passageiro,
(Que assim o pede a minha sorte escura)
Atende ao meu aviso derradeiro:

Lágrimas não te peço, nem ternura:
Por voto um desengano, te requeiro,
Que consagres à minha sepultura.

LXVII

Não te cases com Gil, bela serrana;
Que é um vil, um infame, um desastrado;
Bem que ele tenha mais devesa, e gado,
A minha condição é mais humana.

Que mais te pode dar sua cabana,
Que eu aqui te não tenha aparelhado?
O leite, a fruta, o queijo, o mel dourado;
Tudo aqui acharás nesta choupana:

Bem que ele tange o seu rabil grosseiro,
Bem que te louve assim, bem que te adore,
Eu sou mais extremoso, e verdadeiro.

Eu tenho mais razão, que te enamore:
E se não, diga o mesmo Gil vaqueiro:
Se é mais, que ele te cante, ou que eu te chore. (⁴⁹)

LXVIII

Apenas rebentava no oriente
A clara luz da aurora, quando Fido,
O repouso deixando aborrecido,
Se punha a contemplar no mal, que sente.

Vê a nuvem, que foge ao transparente
Anúncio do crepúsculo luzido;
E vê de todo em riso convertido
O horror, que dissipara o raio ardente.

Por que (diz) esta sorte, que se alcança
Entre a sombra, e a luz, não sinto agora
No mal, que me atormenta, e que me cansa?

Aqui toda a tristeza se melhora:
Mas eu sem o prazer de uma esperança
Passo o ano, e o mês, o dia, a hora.

LXIX

Se à memória trouxeres algum dia,
Belíssima tirana, ídolo amado,
Os ternos ais, o pranto magoado,
Com que por ti de amor Alfeu gemia;

Confunda-te a soberba tirania,
O ódio injusto, o violento desagrado,
Com que atrás de teu olhos arrastado
Teu ingrato rigor o conduzia.

E já que enfim tão mísero o fizeste,
Vê-lo-ás, cruel, em prêmio de adorar-te,
Vê-lo-ás, cruel, morrer; que assim quiseste.

Dirás, lisonjeando a dor em parte: ([50])
Fui-te ingrata, pastor; por mim morreste;
Triste remédio a quem não pode amar-te!

LXX

Breves horas, que em rápida porfia
Ides seguindo infausto movimento,
Oh como o vosso curso foi violento,
Quando soubestes, que eu vos possuía!

Já crédito vos dava; porque via
Avultar meu feliz contentamento:

Que é mui fácil num triste estar atento
Aos enganos, que pinta a fantasia.

Logrou-se o vosso fim; que foi levar-me
Da falsa glória, do fingido gosto (⁵¹)
Ao cume, donde venho a despenhar-me:

Assim a lei do fado tem disposto,
Que haja o instantâneo bem de lisonjear-me;
Por que o estrago, me diga, que é suposto. (⁵²)

LXXI

Eu cantei, não o nego, eu algum dia
Cantei do injusto amor o vencimento; (⁵³)
Sem saber, que o veneno mais violento
Nas doces expressões falso encobria.

Que amor era benigno, eu persuadia
A qualquer coração de amor isento;
Inda agora de amor cantara atento,
Se lhe não conhecera a aleivosia.

Ninguém de amor se fie: agora canto
Somente os seus enganos; porque sinto,
Que me tem destinado estrago tanto.

De seu favor hoje as quimeras pinto:
Amor de uma alma é pesaroso encanto;
Amor de um coração é labirinto.

LXXII

Já rompe, Nise, a matutina aurora
O negro manto, com que a noite escura,
Sufocando do Sol a face pura,
Tinha escondido a chama brilhadora.

Que alegre, que suave, que sonora,
Aquela fontezinha aqui murmura!
E nestes campos cheios de verdura
Que avultado o prazer tanto melhora!

Só minha alma em fatal melancolia,
Por te não poder ver, Nise adorada,
Não sabe inda, que coisa é alegria;

E a suavidade do prazer trocada,
Tanto mais aborrece a luz do dia,
Quanto a sombra da noite lhe agrada.

LXXIII

Quem se fia de Amor, quem se assegura
Na fantástica fé de uma beleza,
Mostra bem, que não sabe, o que é firmeza,
Que protesta de amante a formosura.

Anexa a qualidade de perjura
Ao brilhante esplendor da gentileza,
Mudável é por lei da natureza,
A que por lei de Amor é menos dura.

Deste, ó Fábio, que vês, desordenado,
Ingrato proceder se é que examinas
A razão, eu a tenho decifrado:

São as setas de Amor tão peregrinas,
Que esconde no gentil o golpe irado;
Para lograr pacífico as ruínas.

LXXIV

Sombrio bosque, sítio destinado
À habitação de um infeliz amante,
Onde chorando a mágoa penetrante
Possa desafogar o seu cuidado;

Tudo quieto está, tudo calado;
Não há fera, que grite; ave, que cante;
Se acaso saberás, que tens diante
Fido, aquele pastor desesperado!

Escuta o caso seu: mas não se atreve
A erguer a voz; aqui te deixa escrito
No tronco desta faia em cifra breve:

Mudou-se aquele bem; hoje é delito
Lembrar-me de Marfisa; era mui leve:
Não há mais, que atender; tudo está dito.

LXXV

Clara fonte, teu passo lisonjeiro
Pára, e ouve-me agora um breve instante;
Que em paga da piedade o peito amante
Te será no teu curso companheiro.

Eu o primeiro fui, fui o primeiro,
Que nos braços da ninfa mais constante

Pude ver da fortuna a face errante
Jazer por glória de um triunfo inteiro.

Dura mão, inflexível crueldade
Divide o laço, com que a glória, a dita
Atara o gosto ao carro da vaidade:

E para sempre a dor ter n'alma escrita,
De um breve bem nasce imortal saudade,
De um caduco prazer mágoa infinita.

LXXVI

Enfim te hei de deixar, doce corrente
Do claro, do suavíssimo Mondego;
Hei de deixar-te enfim; e um novo pego
Formará de meu pranto a cópia ardente.

De ti me apartarei; mas bem que ausente,
Desta lira serás eterno emprego;
E quanto influxo hoje a dever-te chego,
Pagará de meu peito a voz cadente.

Das ninfas, que na fresca, amena estância
Das tuas margens úmidas ouvia,
Eu terei sempre n'alma a consonância;

Desde o prazo funesto deste dia
Serão fiscais eternos da minha ânsia
As memórias da tua companhia.

LXXVII

Não há no mundo fé, não há lealdade;
Tudo é, ó Fábio, torpe hipocrisia;
Fingido trato, infame aleivosia
Rodeiam sempre a cândida amizade.

Veste o engano o aspecto da verdade;
Porque melhor o vício se avalia:
Porém do tempo a mísera porfia,
Duro fiscal, lhe mostra a falsidade.

Se talvez descobrir-se se procura
Esta de amor fantástica aparência,
É como à luz do Sol a sombra escura:

Mas que muito, se mostra a experiência,
Que da amizade a torre mais segura
Tem a base maior na dependência! ([54])

LXXVIII

Campos, que ao respirar meu triste peito
Murcha, e seca tornais vossa verdura,
Não vos assuste a pálida figura,
Com que o meu rosto vedes tão desfeito.

Vós me vistes um dia o doce efeito
Cantar do Deus de Amor, e da ventura;
Isso já se acabou; nada já dura;
Que tudo à vil desgraça está sujeito.

Tudo se muda enfim: nada há, que seja
De tão nobre, tão firme segurança,
Que não encontre o fado, o tempo, a inveja.

Esta ordem natural a tudo alcança;
E se alguém um prodígio ver deseja,
Veja meu mal, que só não tem mudança.

LXXIX

Entre este álamo, ó Lise, e essa corrente,
Que agora estão meus olhos contemplando,
Parece, que hoje o céu me vem pintando
A mágoa triste, que meu peito sente.

Firmeza a nenhum deles se consente
Ao doce respirar do vento brando;
O tronco a cada instante meneando,
A fonte nunca firme, ou permanente.

Na líquida porção, na vegetante
Cópia daquelas ramas se figura
Outro rosto, outra imagem semelhante:

Quem não sabe, que a tua formosura
Sempre móvel está, sempre inconstante, [55]
Nunca fixa se viu, nunca segura?

LXXX

Quando cheios de gosto, e de alegria
Estes campos diviso florescentes,
Então me vêm as lágrimas ardentes
Com mais ânsia, mais dor, mais agonia.

Aquele mesmo objeto, que desvia
Do humano peito as mágoas inclementes,

Esse mesmo em imagens diferentes
Toda a minha tristeza desafia.

Se das flores a bela contextura
Esmalta o campo na melhor fragrância,
Para dar uma idéia da ventura;

Como, ó Céus, para os ver terei constância, (⁵⁶)
Se cada flor me lembra a formosura
Da bela causadora de minha ânsia?

LXXXI

Junto desta corrente contemplando
Na triste falta estou de um bem que adoro;
Aqui entre estas lágrimas, que choro,
Vou a minha saudade alimentando.

Do fundo para ouvir-me vem chegando
Das claras hamadríades o coro; (⁵⁷)
E desta fonte ao murmurar sonoro,
Parece, que o meu mal estão chorando.

Mas que peito há de haver tão desabrido,
Que fuja à minha dor! que serra, ou monte
Deixará de abalar-se a meu gemido!

Igual caso não temo, que se conte;
Se até deste penhasco endurecido
O meu pranto brotar fez uma fonte.

LXXXII

Piedosos troncos, que a meu terno pranto
Comovidos estais, uma inimiga
É quem fere o meu peito, é quem me obriga
A tanto suspirar, a gemer tanto.

Amei a Lise; é Lise o doce encanto,
A bela ocasião desta fadiga;
Deixou-me; que quereis, troncos, que eu diga
Em um tormento, em um fatal quebranto?

Deixou-me a ingrata Lise: se alguma hora
Vós a vedes talvez, dizei, que eu cego
Vos contei... mas calai, calai embora.

Se tanto a minha dor a elevar chego,
Em fé de um peito, que tão fino adora,
Ao meu silêncio o meu martírio entrego.

LXXXIII

Polir na guerra o bárbaro gentio,
Que as leis quase ignorou da natureza,
Romper de altos penhascos a rudeza,
Desentranhar o monte, abrir o rio;

Esta a virtude, a glória, o esforço, o brio
Do Russiano Herói, esta a grandeza, (⁵⁸)
Que igualou de Alexandre a fortaleza,
Que venceu as desgraças de Dario:

Mas se a lei do heroísmo se procura,
Se da virtude o espírito se atende,
Outra idéia, outra máxima o segura:

Lá vive, onde no ferro não se acende;
Vive na paz dos povos, na brandura:
Vós a ensinais, ó Rei; em vós se aprende.

LXXXIV

Destes penhascos fez a natureza
O berço, em que nasci! oh quem cuidara,
Que entre penhas tão duras se criara
Uma alma terna, um peito sem dureza!

Amor, que vence os tigres, por empresa
Tomou logo render-me; ele declara
Contra o meu coração guerra tão rara,
Que não me foi bastante a fortaleza.

Por mais que eu mesmo conhecesse o dano,
A que dava ocasião minha brandura,
Nunca pude fugir ao cego engano:

Vós, que ostentais a condição mais dura,
Temei, penhas, temei; que Amor tirano,
Onde há mais resistência, mais se apura.

LXXXV

Parece, ou eu me engano, que esta fonte
De repente o licor deixou turvado;
O céu, que estava limpo, e azulado,
Se vai escurecendo no horizonte:

Por que não haja horror, que não aponte
O agouro funestíssimo, e pesado,

Até de susto já não pasta o gado;
Nem uma voz se escuta em todo o monte.

Um raio de improviso na celeste
Região rebentou; um branco lírio
Da cor das violetas se reveste;

Será delírio! não, não é delírio.
Que é isto, pastor meu? que anúncio é este?
Morreu Nise (ai de mim!) tudo é martírio.

LXXXVI

Musas, canoras musas, este canto
Vós me inspirastes, vós meu tenro alento
Erguestes brandamente àquele assento
Que tanto, ó musas, prezo, adoro tanto.

Lágrimas tristes são, mágoas, e pranto,
Tudo o que entoa o músico instrumento;
Mas se o favor me dais, ao mundo atento
Em assunto maior farei espanto.

Se em campos não pisados algum dia
Entra a ninfa, o pastor, a ovelha, o touro,
Efeitos são da vossa melodia;

Que muito, ó musas, pois, que em fausto agouro
Cresçam do pátrio rio à margem fria
A imarcescível hera, o verde louro!

EPICÉDIO

À MORTE DE SALÍCIO

Epicédio ii

Espírito imortal, tu que rasgando
Essa esfera de luzes, vais pisando
Do fresco Elísio a região bendita, (⁵⁹)
Se nesses campos, onde a glória habita,
Centro do gosto, do prazer estância,
Entrada se permite à mortal ânsia
De uma dor, de um suspiro descontente,
Se lá relíquia alguma se consente

Desta cansada, humana desventura,
Não te ofendas, que a vítima tão pura,
Que em meus ternos soluços te ofereço,
Busque seguir-te, por lograr o preço
Daquela fé, que há muito consagrada
Nas aras da amizade foi jurada.

Bem sabes, que o suavíssimo perfume,
Que arder pode do amor no casto lume,
Os suores não são deste terreno,
Que odorífero sempre, e sempre ameno,
Em coalhadas porções Chipre desata: (60)
Mais que os tesouros, que feliz recata
A arábica região, amor estima (61)
Os incensos, que a fé, que a dor anima,
Abrasados no fogo da lembrança.
Esta pois a discreta segurança,
Com que chega meu peito saudoso,
A acompanhar teu passo venturoso,
Oh sempre suspirado, sempre belo,
Espírito feliz: a meu desvelo
Não negues, eu te rogo, que constante
Viva a teu lado sombra vigilante.

Inda que estejas de esplendor cercada,
Alma feliz, na lúcida morada,
Que na pompa dos raios luminosa (62)
Pises aquela esfera venturosa,
Que a teu merecimento o Céu destina;
Nada impede, que a chama peregrina
De uma saudade aflita, e descontente,
Te assista acompanhando juntamente.
Antes razão será, que debuxada
Em meu tormento aquela flor prostrada,
Sol em teus resplendores te eternizes,
E Clície em minha mágoa me divises; (63)
Entre raios crescendo, entre lamentos,
Em mim a dor, em ti os luzimentos.

Se porém a infestar da Elísia esfera (64)
A contínua, brilhante primavera
Chegar só pode o lastimoso rosto
Deste meu triste, fúnebre desgosto,
Eu desisto do empenho, em que deliro;
E as asas encurtando a meu suspiro,
Já não consinto, que seu vôo ardente
A acompanhar-te suba diligente:
Antes no mesmo horror, na sombra escura
Da minha inconsolável desventura
Eu quero lastimar meu fado tanto,
Que sufocado em urnas de meu pranto,
A tão funesto, líquido dispêndio,
A chama apague deste ardente incêndio.

Indigno sacrifício de uma pena,
Que chega a perturbar a paz serena
De umas almas, que em campos de alegria
Gozam perpétua luz, perpétuo dia;
Que adorando a concórdia, desconhecem
Os sustos, que da inveja os braços tecem;
Que ignoram o rigor do frio inverno;
E que em brando concerto, em jogo alterno
Gozam toda a suavíssima carreira
De uma sorte risonha, e lisonjeira.

Ali, entre os favônios mais suaves,
A consonância ofenderei das aves,
Que arrebatando alegres os ouvidos,
Discorrem entre os círculos luzidos
De toda a vegetante, amena estância.
Ali pois as memórias de minha ânsia
Não entrarão, Salício: que não quero
Ser contigo tão bárbaro, e tão fero,
Que um bem, em cuja posse estás ditoso,
Triste magoe, infeste lastimoso. ([64])
Cá viverá comigo a minha pena,
Penhor inextinguível, que me ordena
A sempre viva, e imortal lembrança.
Ela me está propondo na vingança
De meu fado inflexível, ó Salício,
Aquele infausto, trágico exercício,
Que os humanos progressos acompanha. ([65])
Quem cuidara, que fosse tão estranha,
Tão pérfida, tão ímpia a força sua,
Que maltratar pudesse a idade tua,
Adornada não só daquele raio,
Que anima a flor, que se produz em maio;
Mas inda de frutíferos abonos,
Que antecipa a cultura dos outonos!

Cinco lustros o Sol tinha dourado
(Breves lustros enfim, Salício amado),
Quando o fio dos anos encolhendo,
Foi Átropos a teia desfazendo:
Um golpe, e outro golpe preparava:
Para empregá-lo a força lhe faltava;
Que mil vezes a mão, ou de respeito,
De mágoa, ou de temor, não pôs o efeito.
Desatou finalmente o peregrino
Fio, que já tecera. Ah se ao destino ([66])
Pudera embaraçar nossa piedade!
Não te glories, trágica deidade,
De um triunfo, que levas tão precioso:
Desar é de teu braço indecoroso; ([67])
Que inda que a fúria tua o tem roubado,
A nossa dor o guarda restaurado.

Vive entre nós ainda na memória,
A que ele nos deixou, eterna glória;
Dispêndios preciosos de um engenho,
Ou já da natureza desempenho,
Ou para a nossa dor só concedido.
Salício, o pastor nosso, tão querido,
Prodígio foi no raro do talento,
Sobre todo o mortal merecimento;
E prodígio também com ele agora
Se faz a mágoa, que o lastima e chora.

A lutuosa vítima do pranto ([68])
Melhor, que o imarcescível amaranto,
Te cerca, ó alma grande, a urna triste;
O nosso sentimento aqui te assiste,
Em nênias entoando magoadas
Hinos saudosos, e canções pesadas.

Quiséramos na campa, que te cobre,
Bem que o tormento ainda mais se dobre,
Gravar um epitáfio, que declare,
Quem o túmulo esconde; e bem que apare
Qualquer engenho a pena, em nada atina.
Vive outra vez: das cinzas da ruína
Ressuscita, ó Salício; dita; escreve;
Seja o epitáfio teu: a cifra breve ([69])
Mostrará no discreto, e no polido,
Que é Salício, o que aqui vive escondido.

FÁBULA

FÁBULA DO RIBEIRÃO DO CARMO

Soneto

A vós, canoras ninfas, que no amado
Berço viveis do plácido Mondego,
Que sois da minha lira doce emprego,
Inda quando de vós mais apartado;

A vós do pátrio rio em vão cantado
O sucesso infeliz eu vos entrego;
E a vítima estrangeira, com que chego,
Em seus braços acolha o vosso agrado. ([70])

Vede a história infeliz, que Amor ordena,
Jamais de fauno ou de pastor ouvida,
Jamais cantada na silvestre avena.

Se ela vos desagrada, por sentida,
Sabei, que outra mais feia em minha pena (⁷¹)
Se vê entre estas serras escondida.

Aonde levantado
Gigante, a quem tocara,
Por decreto fatal de Jove irado,
A parte extrema, e rara
Desta inculta região, vive Itamonte,
Parto da terra, transformado em monte;

De uma penha, que esposa
Foi do invicto Gigante,
Apagando Lucina a luminosa,
A lâmpada brilhante,
Nasci; tendo em meu mal logo tão dura, (⁷²)
Como em meu nascimento, a desventura.

Fui da florente idade
Pela cândida estrada
Os pés movendo com gentil vaidade;
E a pompa imaginada
De toda a minha glória num só dia
Trocou de meu destino a aleivosia.

Pela floresta, e prado
Bem polido mancebo,
Girava em meu poder tão confiado, (⁷³)
Que até do mesmo Febo
Imaginava o trono peregrino
Ajoelhado aos pés do meu destino.

Não ficou tronco, ou penha,
Que não desse tributo
A meu braço feliz; que já desdenha,
Despótico, absoluto,
As tenras flores, as mimosas plantas,
Em rendimentos mil, em glórias tantas. (⁷⁴)

Mas ah! Que Amor tirano
No tempo, em que a alegria
Se aproveitava mais do meu engano;
Por aleivosa via
Introduziu cruel a desventura,
Que houve de ser mortal, por não ter cura.

Vizinho ao berço caro,
Aonde a pátria tive,
Vivia Eulina, esse prodígio raro,
Que não sei, se ainda vive,
Para brasão eterno da beleza,
Para injúria fatal da natureza.

Era Eulina de Aucolo
A mais prezada filha;
Aucolo tão feliz, que o mesmo Apolo
Se lhe prostra, se humilha
Na cópia da riqueza florescente,
Destro na lira, no cantar ciente.

De seus primeiros anos
Na beleza nativa,
Humilde Aucolo, em ritos não profanos,
A bela ninfa esquiva
Em voto ao sacro Apolo consagrara;
E dele em prêmio tantos dons herdara.

Três lustros, todos d'ouro,
A gentil formosura,
Vinha tocando apenas, quando o louro,
Brilhante Deus procura
Acreditar do pai o culto atento,
Na grata aceitação do rendimento. ([74])

Mais formosa de Eulina
Respirava a beleza;
De ouro a madeixa rica, e peregrina
Dos corações faz presa;
A cândida porção da neve bela
Entre as rosadas faces se congela.

Mas inda, que a ventura
Lhe foi tão generosa,
Permite o meu destino, que uma dura,
Condição rigorosa ([75])
Ou mais aumente enfim, ou mais ateie
Tanto esplendor; para que mais me enleie.

Não sabe o culto ardente
De tantos sacrifícios
Abrandar o seu nume: a dor veemente,
Tecendo precipícios, ([76])
Já quase me chegava a extremo tanto,
Que o menor mal era o mortal quebranto.

Vendo inútil o empenho
De render-lhe a fereza,
Busquei na minha indústria o meu despenho: ([77])
Com ingrata destreza
Fiei de um roubo (oh mísero delito!)
A ventura de um bem, que era infinito.

Sabia eu, como tinha
Eulina por costume,

(Quando o maior planeta quase vinha (⁷⁸)
Já desmaiando o lume,
Para dourar de luz outro horizonte)
Banhar-se nas correntes de uma fonte.

A fugir destinado
Com o furto precioso,
Desde a pátria, onde tive o berço amado;
Recolhi numeroso
Tesouro, que roubara diligente
A meu pai, que de nada era ciente.

Assim pois prevenido
De um bosque à fonte perto,
Esperava o portento apetecido
Da ninfa; e descoberto
Me foi apenas, quando (oh dura empresa!)
Chego; abraço a mais rara gentileza.

Quis gritar; oprimida
A voz entre a garganta
Apolo? diz, Apol... a voz partida
Lhe nega força tanta:
Mas ah! Eu não sei como, de repente
Densa nuvem me põe do bem ausente. (⁷⁹)

Inutilmente ao vento
Vou estendendo os braços:
Buscar nas sombras o meu bem intento:
Onde a meus ternos laços...!
Onte te escondes, digo, amada Eulina?
Quem tanto estrago contra mim fulmina?

Mas ia por diante;
Quando entre a nuvem densa
Aparecendo o corpo mais brilhante,
Eu vejo (oh dor imensa!)
Passar a bela ninfa, já roubada
Do Númen, a quem fora consagrada. (⁸⁰)

Em seus braços a tinha
O louro Apolo presa;
E já ludíbrio da fadiga minha,
Por amorosa empresa,
Era despojo da deidade ingrata
O bem, que de meus olhos me arrebata.

Então já da paciência
As rédeas desatadas,
Toco de meus delírios a inclemência:

E de todo apagadas
Do acerto as luzes, busco a morte impia,
De um agudo punhal na ponta fria.

As entranhas rasgando,
E sobre mim caindo,
Na funesta lembrança soluçando,
De todo confundindo
Vou a verde campina; e quase exangue
Entro a banhar as flores de meu sangue.

Inda não satisfeito
O Númen soberano,
Quer vingar ultrajado o seu respeito;
Permitindo em meu dano.
Que em pequena corrente convertido
Corra por estes campos estendido.

E para que a lembrança
De minha desventura
Triunfe sobre a trágica mudança
Dos anos, sempre pura,
Do sangue, que exalei, ó bela Eulina,
A cor inda conservo peregrina.

Porém o ódio triste
De Apolo mais se acende;
E sobre o mesmo estrago, que me assiste, ([81])
Maior ruína empreende:
Que chegando a ser ímpia uma deidade,
Excede toda a humana crueldade.

Por mais desgraça minha,
Dos tesouros preciosos
Chegou notícia, que eu roubado tinha,
Aos homens ambiciosos;
E crendo em mim riquezas tão estranhas,
Me estão rasgando as míseras entranhas.

Polido o ferro duro
Na abrasadora chama
Sobre os meus ombros bate tão seguro,
Quem nem a dor, que clama,
Nem o estéril desvelo da porfia
Desengana a ambiciosa tirania.

Ah mortais! Até quando
Vos cega o pensamento!
Que máquinas estais edificando

Sobre tão louco intento?
Como nem inda no seu reino imundo
Vive seguro o Báratro profundo! (⁸²)

Idolatrando a ruína
Lá penetrais o centro,
Que Apolo não banhou, nem viu Lucina;
E das entranhas dentro
Da profanada terra,
Buscais o desconcerto, a fúria, a guerra.

Que exemplos vos não dita
Do ambicioso empenho
De Polidoro a mísera desdita! (⁸³)
Que perigo o lenho,
Que entregastes primeiro ao mar salgado,
Que desenganos vos não tem custado!

Enfim sem esperança,
Que alívio me permita,
Aqui chorando estou minha mudança;
E a enganadora dita,
Para que eu viva sempre descontente,
Na muda fantasia está presente.

Um murmurar sonoro
Apenas se me escuta;
Que até das mesmas lágrimas, que choro,
A Deidade Absoluta
Não consente ao clamor, se esforce tanto,
Que mova à compaixão meu terno pranto.

Daqui vou descobrindo
A fábrica eminente (⁸⁴)
De uma grande cidade; aqui polindo
A desgrenhada frente,
Maior espaço ocupo dilatado,
Por dar mais desafogo a meu cuidado.

Competir não pretendo
Contigo, ó cristalino
Tejo, que mansamente vais correndo:
Meu ingrato destino
Me nega a prateada majestade,
Que os muros banha da maior cidade. (⁸⁵)

As ninfas generosas,
Que em tuas praias giram, (⁸⁶)
Ó plácido Mondego, rigorosas
De ouvir-me se retiram;

Que de sangue a corrente turva, e feia
Teme Ericina, Aglaura, e Deiopéia. (⁸⁷)

Não se escuta a harmonia
Da temperada avena
Nas margens minhas; que a fatal porfia
Da humana sede ordena,
Se atenda apenas o ruído horrendo
Do tosco ferro, que me vai rompendo.

Porém se Apolo ingrato
Foi causa deste enleio,
Que muito, que da Musa o belo trato
Se ausente de meu seio,
Se o deus, que o temperado coro tece,
Me foge, me castiga, e me aborrece!

Enfim sou, qual te digo,
O Ribeirão prezado,
De meus engenhos a fortuna sigo;
Comigo sepultado
Eu choro o meu despenho; eles sem cura (⁸⁸)
Choram também a sua desventura.

ÉCLOGAS

ARÚNCIO

Écloga V

Frondoso e Alcino

Fron. Em vão te estás cansando o dia inteiro, (⁸⁹)
Alcino, em perguntar, que significa
Este, que vês cortar, triste letreiro:

Ele não é debalde: aqui se explica
Tudo, quanto há de grande, novo, e raro,
Na pobre aldeia, e na cidade rica.

Nada pode escapar do golpe avaro... (⁹⁰)
(Diz cifra breve): agora entende; (⁹¹)
Que deste dito o assunto eu não declaro.

Alc. Se o meu juízo o caso compreende,
Essa letra, que entalhas, e que admiro,
Com a morte de Arúncio fala, ou prende.

Fron. Ah! Que arrancas um mísero suspiro
  Do centro de minha alma; o nome amado
  Me faz deixar a vida, que respiro.

Alc. Eu bem via, que estava o teu cuidado,
  Frondoso meu, lembrando a triste morte
  Desse caro pastor, tão estimado.

Fron. E quando esperas tu, que o fatal corte,
  Que de mim separou tão doce amigo,
  Possa romper de amor o laço forte!

  Primeiro se verá nascer o trigo
  No céu; dará primeiro a terra estrelas,
  Que tenha esta lembrança algum perigo.

Alc. Triste, e funesto caso! As ninfas belas
  Do pátrio Ribeirão tanto choraram,
  Que inda alívio não há, nem gosto entre elas.

  Os gados largos dias não pastaram;
  E mugindo à maneira de sentidos,
  A pele sobre os ossos encostaram.

  Os mochos pelas faias estendidos
  Enchendo a terra, e céu de mil agouros,
  Espalharam tristíssimos grasnidos.

  Os campos, que té ali se viam louros
  Com o matiz vistoso das searas,
  Perderam de repente seus tesouros:

Fron. Esses sinais, Alcino, se reparas,
  Dizem cousa maior, que sentimentos
  Consagrados da morte sobre as aras.

  Quando há mostras no céu, quando há portentos
  Na terra, algum segredo há, não sei onde,
  Que não é para humanos pensamentos.

  Ao meu conhecimento não se esconde
  A grandeza do golpe: mas alcanço,
  Que a tanta perda a dor não corresponde.

  De te buscar exemplos me não canso;
  Só te lembro porém, que o tronco duro
  Faz mais estrago que o arbusto manso.

Alc. O que queres dizer, eu conjeturo:
  No vime, e no carvalho há igual ruína:
  Igual a conseqüência eu não seguro.

        Aquele cai sem dano, este destina
        Fatal estrago a tudo, o que está posto
        Debaixo dele. É isto? Ora imagina.

Fron. Jove aparte de nós tanto desgosto:
        Baste, para avivar nossa saudade,
        O ser cortado em flor aquele rosto.

        Contente-se da morte a crueldade
        Em nos levar com passo tão ligeiro
        Uma tão bela, tão mimosa idade.

        Roubou-nos um pastor, que era o primeiro
        Entre os nossos do monte; ele nos dava
        As justas leis no campo, e no terreiro.

        Ele as dúvidas nossas concertava;
        E sendo maioral, por arte nova,
        Com respeito o agrado temperava.

        De mil virtudes suas nos deu prova;
        Sempre a bem dirigindo os nossos passos.
        Oh quanto esta lembrança a dor renova!

Alc. Ai! E com quanta mágoa nos teus braços
        Eu vi, Frondoso meu, que Arúncio esteve
        Desatando da vida os doces laços!

Fron. Meu pensamento, Amigo, não se atreve
        A lembrar-se (ai de mim!) da mortal hora.
        Em que vi acabar vida tão breve.

        Quem fora duro seixo, ou bronze fora,
        Para animar agora na lembrança
        Aquela imagem, com que esta alma chora!

        Eu vi, Alcino, eu vi, que na mudança
        Que do caduco e eterno bem fazia,
        A alma tinha cheia de esperança.

        Tudo, o que era mortal, aborrecia:
        A cópia dos seus gados, o cajado,
        (Bem que era de ouro fino) em nada havia.

        Em vão o molestava o doce estado
        Da honra, e da grandeza: a Jove entregue
        O espírito seguia outro cuidado.

        Mas ai, Alcino! A voz já não prossegue;
        Que tudo, o que a memória vem trazendo,
        Receio, Amigo, que a matar-me chegue.

Alc.   As ninfas do Mondego estou já vendo
Descerem para nós com triste pranto.
Ou eu me engano, ou elas vêm dizendo:

Se do lírio, da murta, e do amaranto
Cercada deve ser a sepultura
De Arúncio, a nós nos toca ofício tanto.

Nós o criamos, com feliz ternura,
Dando-lhe o mel, e o leite: a nós nos toca
Mandar o corpo belo à terra dura.

Fron.   De outro lado igualmente se provoca
O Tejo (onde ele viu a luz primeira):
E as ninfas do centro úmido convoca.

A mim só se me deve a glória inteira
(Fala o soberbo Tejo) eu o demando:
Minha há de ser esta honra derradeira.

Aqui lhe estou uma urna preparando,
Coberta de um cipreste; onde a memória
Seu nome viverá sempre guardando.

Por mais que voe a idade transitória,
Nunca se há de apagar aquele afeto,
Que de Arúncio consagro à triste história.

Durarás entre nós, Pastor discreto,
Renovando a lembrança de Corino,
Que da nossa saudade é inda objeto:

Ele te deu o ser; tu peregrino
Retrato de seus dotes, consolavas
Nosso desejo, tão constante, e fino.

Aquele caro irmão, que tanto amavas,
Aônio, digo, aquele, a quem devias
Toda a felicidade, que gozavas,

Hoje lamenta teus saudosos dias;
Hoje chora comigo: eu lhe desejo
Alívio a tão cansadas agonias.

Alc.   Oh! Contente-se embora o claro Tejo
De haver ao mundo dado, quem lhe ganha
Fama, e nome a seu reino assaz sobejo. (⁹²)

Contente-se o Mondego, que na estranha
Ventura de educá-lo, deu ao mundo,
Quem lhe soube adquirir glória tamanha.

O fado, que conhece inda o mais fundo,
Quer, que guarde seu corpo a turva areia
De outro rio, mais triste, e mais profundo.

Do rio, que seu curso não refreia
Até chegar, onde entra a grande costa,
Que banha do Brasil salgada veia.

Rio das Velhas se chama (se reposta
Buscamos nos antigos, a pintura
Das dórcades na história se vê posta). ([93])

Os primeiros, que entraram na espessura
Dos ásperos sertões, dizem, que acharam
Três bárbaras, já velhas, nesta altura.

Fron. Das três Parcas melhor eles tomaram
O nome desse rio; se é verdade,
Que elas a vida humana governaram.

Triste sejas, ó rio: a divindade
De Apolo, que em ti cria o amável ouro,
Se aparte do teu seio em toda a idade.

Não sejas da ambição rico tesouro:
Girar se vejam sobre as praias tuas
Os brancos cisnes não, aves d'agouro.

Do inverno as enxurradas levem cruas
As sementeiras, que teus campos criam:
Deixem só sobre a terra as pedras nuas.

Os pobres navegantes, que se fiam
Dessas funestas águas, desde agora
Conheçam a traição, que não temiam.

Alc. E contra quem, Frondoso, inda em tal hora
Se armam as pragas tuas! Um delírio
Só para extremo tal desculpa fora. ([94])

Se Jove é quem nos manda este martírio,
Soframos o seu golpe: ao pastor belo
Derramemos em cima o goivo, o lírio.

O nosso Ribeirão traz o modelo
Do enterro, que dispõe: nós entretanto
Demos a conhecer nosso desvelo.

Envolto o corpo em um cândido manto,
Que distingue de Deus o brasão nobre,
Aqui se of'rece para o nosso pranto.

Enquanto pois o corpo a terra cobre,
Seguindo o teu princípio deixa, Amigo,
Que um voto lhe consagre um pastor pobre,
Um voto, que se escreva em seu jazigo.

Soneto

Nada pode escapar do golpe avaro,
Alcino meu: que a Parca endurecida
Corta igualmente os fios de uma vida
Ao pastor pobre, ao cortesão preclaro.

Cresça embora esse tronco altivo, e raro,
Ostentação fazendo mais luzida;
Viva embora entre humilde, entre abatida,
Essa planta, a que o nome em vão declaro.

Tudo há de achar o fim: bem que a vaidade
Em uma, e outra glória faça estudo, (⁹⁵)
Nada escapa à fatal voracidade.

Eu, que chego a pensá-lo, fico mudo;
E só tiro por certa esta verdade:
Que, se Arúncio acabou, acaba tudo.

POLIFEMO

Écloga VIII

Ó linda Galatéia,
Que tantas vezes quantas
Essa úmida morada busca Febo, (⁹⁶)
Fazes por esta areia,
Que adore as tuas plantas
O meu fiel cuidado: já que Erebo (⁹⁷)
As sombras descarrega sobre o mundo,
Deixa o reino profundo:
Vem, ó Ninfa, a meus braços;
Que neles tece Amor mais ternos laços.

Vem, ó Ninfa adorada;
Que Ácis enamorado,
Para lograr teu rosto precioso,
Bem que tanto te agrada,
Tem menos o cuidado,
Menos sente a fadiga, e o rigoroso,
Implacável rumor, que eu n'alma alento.
Nele o merecimento

Minha dita assegura;
Mas ah! que ele de mais tem a ventura.

Esta frondosa faia
A qualquer hora (ai triste!)
Me observa neste sítio vigilante:
Vizinho a esta praia
Em uma gruta assiste,
Quem não pode viver de ti distante.
Pois de noite, e de dia
Ao mar, ao vento, às feras desafia
A voz do meu lamento:
Ouvem-me as feras, ouve o mar, e o vento.

Não sei, que mais pretendes
Desprezas meu desvelo;
E excedendo o rigor da crueldade,
Com a chama do zelo
O coração me acendes:
Não é assim cruel a divindade.
Abranda extremo tanto;
Vem a viver nos mares do meu pranto: ([98])
Talvez sua ternura
Te faça a natureza menos dura.

E se não basta o excesso
De amor para abrandar-te,
Quanto rebanho vês cobrir o monte,
Tudo, tudo ofereço;
Esta obra do divino Alcimedonte,
Este branco novilho,
Daquela parda ovelha tenro filho,
De dar-te se contenta,
Quem guarda amor, e zelos apascenta.

BELISA E AMARÍLIS

ÉCLOGA XV

Corebo e Palemo.

Cor. Agora, que do alto vem caindo
A noite aborrecida, e só gostosa
Para quem o seu mal está sentindo;

Repitamos um pouco a trabalhosa
Fadiga do passado; e neste assento
Gozemos desta sombra deleitosa.

O brando respirar do manso vento
Por entre as frescas ramas, a doçura
Dessa fonte, que move o passo lento;

A doce quietação dessa espessura,
O silêncio das aves, tudo, amigo,
Ouvir a nossa mágoa hoje procura.

Principia, Palemo; que eu contigo
À memória trarei, quanto deixamos
No sossego feliz do estado antigo.

Que esperas, caro amigo? Sós estamos:
Bem podemos falar: porque os extremos
De nossa dor só nós testemunhamos.

Pal. Não vi depois, que o monte discorremos,
Há tantos anos, sempre atrás do gado,
Noite tão clara, como a que hoje temos:

Mas muito estranho ser de teu agrado,
Que despertemos inda a cinza fria
Da lembrança do tempo já passado.

Oh! não sei, o que pedes: bom seria,
Que desse qualquer bem não cobre alento
O estrondo, que talvez adormecia.

Loucura é despertar no pensamento
O fogo extinto já de uma memória:
Não sabes, quanto é bárbaro o tormento.

Em nos lembrarmos da perdida glória ([99])
Nada mais conseguimos, que ao gemido
Dar novo impulso na passada história.

Não se desperte o mísero ruído;
Que veremos, amigo, o desengano
De um bem caduco, de um prazer fingido.

Cor. Debalde é a cautela; que o tirano,
Contínuo atormentar de uma lembrança
Não o pode abrandar o esforço humano.

Vê, como o teu ardor em vão se cansa;
E quanto mais te negas a meu rogo,
Despertas mais dos fados a mudança.

Buscar no esquecimento o desafogo
É não saber, que neste infausto empenho
Se ateia da memória mais o fogo.

Pal.   Diga-o minha alma: porque nela tenho
Impressa sempre a imagem de uma dita,
Em que firmava o gosto o desempenho.

Recompensa uma dor quase infinita
A grandeza do bem; a minha história
Deixando em vivo sangue n'alma escrita.

Quero estragar mil vezes a memória, ([100])
Meu amado Corebo, e a cada instante
Torna mais viva a imagem de uma glória. ([101])

Oh tirana pensão de um peito amante!
Que só fora feliz, se a água bebera
(Quando perde o seu bem) do Lete errante; ([102])

Se na idéia pintada não trouxera
A contínua lembrança de um veneno,
Que Amor dissimulado oferecera.

Ah! Que soluço, amigo, estalo, e peno;
Quando me lembra a hora, em que o tirano
Fado roubou-me estado tão sereno.

Cor.   Caminhas, ó Palemo, de teu dano
Como insensível: Vês, que não tem modo ([103])
Da funesta lembrança o golpe insano.

Pal.   Bem me advertes, Corebo: eu me acomodo
Ao pensamento teu; e divertida ([104])
Fique a memória minha já de todo.

Cor.   Ao cântico sonoro te convida
Esta flauta, que é fama em nós guardada,
Que foi de Alfeu um tempo possuída.

Pal.   Eu a tomo, e com ela se te agrada,
Alterno o verso; e seja aquele, que antes
Cantamos lá na nossa retirada.

Cor.   Se me lembra, assim era: Vinde, errantes
Sombras, a sufocar-nos: porque a inveja
É só fiscal dos míseros amantes.

Pal.   Ficai, belas ovelhas: assim seja
Convosco mais propício o duro fado;
Que pastor mais feliz vos guie, e reja.

Cor.   Aqui te deixo, rústico cajado;
Que algum tempo, apesar do empenho cego,
De ninguém, só de mim, foste logrado.

Pal.   Tu, Amarílis, adorado emprego,
Toma conta de duas ovelhinhas,
Que mais que todas amo: eu tas entrego.

Cor.   Verás, Belisa, entre essas prendas minhas,
Que eu teci junto às margens dessa fonte,
De vime desigual duas cestinhas.

Pal.   De ti, que ficas pois, saudoso monte,
Me despeço; e talvez sem esperança
De tornar a ver mais este horizonte.

Cor.   Ficai-vos em pacífica bonança,
Ó ninfas; que perdido o vosso agrado,
Me ausento a lamentar tanta mudança.

Pal.   Adeus, pastores; vós, que em doce estado
Tantas vezes nos bailes, na floresta
Me vistes sempre alegre, e sossegado;

Cor.   De vós me aparta agora a lei funesta;
E o tormento, a que esta alma está rendida,
Bem o meu sentimento manifesta.

Pal.   Hei de trazer na idéia sempre unida
A imagem de Amarílis, que venero,
E que estimo inda mais, que a própria vida.

Cor.   Alegria jamais nenhuma espero;
Antes nesta saudosa soledade,
Por último remédio, a morte quero.

Pal.   Adeus, bela Amarílis; a vontade,
Por ser único bem, levo abrasada
Na chama inextinguível da saudade.

Cor.   Adeus, Belisa; adeus, ninfa adorada:
Veja-se neste campo eternamente
A tua formosura celebrada.

Pal.   Basta já de cantar: que do oriente
Já rompe o Sol vermelho; e o manso gado
Os balidos esforça de impaciente.

As nuvens vão correndo; e a este lado
O resplendor se vê, com que a Aurora
Vai escondendo o rosto magoado.

Das lágrimas saudosas com que chora
Se derrama o orvalho; aves, e plantas
Despertam, levantando a voz sonora.

Cor. Eu guiarei o gado se tu cantas:
Que prosseguindo tu, de meu **tormento**
O excesso ao menos, e o rigor quebrantas.
Não me negues, se podes, esse alento.

PESCADORES

Écloga XVI

Alicuto e Marino

Já vinha a manhã clara
Dourando os horizontes,
E os empinados montes
Com a rosada luz, que os prateara,
Mostravam na campina
O lírio, o goivo, a rosa, e a bonina.

Nas ondas cintilava
O rosto luminoso,
Com que de Cíntia o esposo (¹⁰⁵)
À pobre terra clara luz mandava,
Formando um transparente,
Na verde relva, resplendor luzente. (¹⁰⁶)

Ambos os pescadores,
Alicuto e Marino,
A quem o Deus Menino (¹⁰⁷)
Ateou na água o fogo dos amores,
As redes recolhiam;
E de bastante peixe o barco enchiam.

A praia procurando
Vinham tão mansamente,
Que nem o mar se sente
Ferido de um, e outro remo brando,
Quando do seu destino
Começou a queixar-se assim Marino.

Alicuto o acompanha
Coa sonora harmonia,
Que, há tempos, aprendia
De um pastor, que viera da montanha;
E a seu modo vertendo
Para a ninfa do mar, ia dizendo.

Mar. Se assim como a manhã clara, e brilhante
    É da minha adorada o belo rosto,
    Como naufraga o peito vacilante,

No incerto mar de um fúnebre desgosto!
Eu vejo, que se alegram neste instante
Cheios de glória, de prazer, e gosto,
Este mar, esta praia, esta ribeira:
Só não há cousa, que alegrar me queira.

Alic. Deiopéia adorada, a luz do dia,
Como funesta nasce a um desgraçado!
Quanto me foi suave a noite fria,
Tanto o rosto da Aurora me é pesado:
O silêncio da noite dirigia
O sossego também de meu cuidado;
E apenas foge o horror da sombra escura,
Quando mais viva toco a desventura.

Mar. Que importa, que em contínua sentinela
Eu ande os crespos mares descobrindo,
Se ingrata sempre a luz da minha estrela
Me vai desses teus olhos dividindo!
O vento, que suave entesa a vela,
A meu ligeiro barco a estrada abrindo,
Solícito me guia a esta praia;
Onde sem ver-te o coração desmaia.

Alic. Três dias há, que giro, amada minha,
Desesperado nesta mortal ânsia
De ver o prêmio, que guardado tinha
A meu peito fiel tua inconstância.
Outra ventura, outra mercê convinha,
De tanto amor, à fatigada instância
E quando o não mereça na verdade,
Quem há, que não te estranhe a falsidade!

Mar. Abrasadas as ondas deste pego
Tenho já com meus ais, com meus suspiros;
Ele me escuta; eu cada vez mais cego
Acuso a sem-razão de teus retiros.
De meus males ao passo, que o navego,
O peso sente, e se revolve em giros;
E até as brutas penhas mais pesadas
Estão de meu tormento magoadas.

Alic. Qual o peixe inocente, que enganado
Bebe no curvo anzol a morte feia,
Sem ver, que o pescador lhe tem armado
Escondida prisão, em que se enleia;
Ou qual o navegante, que enlevado
No canto está da pérfida sereia;
E prova sem cautela a morte dura
Entre os penhascos, onde o mar murmura.

Mar. Qual foge o grande monstro, que o mar cria,
Do arpão ferido, em sangue o mar banhando;
Quando cuida, que escapa à morte fria,
O alento pouco, e pouco vai deixando;
O destro pescador, que a presa fia
Do agudo ferro, a linha então largando,
Quando de todo já exangue o sente,
O barco chega, e o colhe mais contente.

Alic. Tal eu, doce inimiga, sem cautela
Adorava a traição de um falso engano,
Que no teu rosto, ó sempre ingrata, e bela,
Soube dissimular Amor tirano;
Acreditando aquela indústria, aquela ([108])
Mal escondida imagem de meu dano,
Imaginei, que o que era aleivosia,
De um fino, e puro coração nascia.

Mar. Não de outra sorte a bárbara destreza
Dessa homicida mão, dessa alma ingrata,
Depois de assegurar minha firmeza,
De mim se ausenta, e com rigor me mata:
Ah! quanto temo, ninfa, que a fereza
De tua condição, que assim me trata,
Nestas ondas em penha convertida,
Pague o delito de roubar-me a vida!

Alic. De que serve, que eu traga do mar fundo,
A preço de fadiga tão pesada,
Esta, que em tal excesso estima o mundo,
Rama, que fora d'água é encarnada? ([109])
De que serve; que lá do mais profundo
Venha oferecer-te a pérola engraçada,
Se encontro sem-razões, iras, rigores?
Se os teus desprezos sempre são maiores?

Mar. Para trazer-te o peixe delicado,
No rio escondo as nassas, ninfa minha; ([110])
E ao levantar seu peso desejado,
Vejo saltar a truta e a tainha:
Não me fica também no mar salgado
O retorcido búzio, e a conchinha;
Que supondo ser cousa, que te agrade,
Tudo te vem render minha vontade. ([111])

Alic. Em pensamentos mil eu me desfaço,
Ao ver traição tão bárbara, e tão crua;
Rompo o vestido, o corpo despedaço,
Quando me lembra a falsidade tua:
Loucuras mil, mil desatinos faço,
Sem pejo, e sem vergonha; em pele nua

> Corro esta praia, giro esta ribeira;
> E ninguém há, que socorrer me queira

Mar. Mas que é isto, Alicuto? O nosso canto
quase que vai passando a impaciência.

Alic. Que há de ser, se o meu mísero quebranto
Se apodera de mim com tal violência?

Mar. Mal haja o ter amor, que pode tanto.

Alic. Mal haja o conhecer uma inclemência.

Mar. Que intentar-lhe fugir é desatino.

Alic. Que assim o sinto eu, e tu, Marino.

Mar. Temos chegado ao porto: larga o remo;
Salta na praia tu; que eu aqui fico;
A ver, se vejo a ninfa, por quem gemo,
E a quem as minhas lágrimas dedico.

Alic. Não fiques não, Marino: porque temo
Maior mágoa; que a dor, que sacrifico.
Carreguemos o peixe; que na aldeia
Talvez estejam Glauce; e Deiopéia.

Assim se acomodavam;
E o peixe dividindo
Entre ambos, vão subindo
Um levantado oiteiro, a que chegavam,
Deixando entanto posta
No barco a vara, a rede ao Sol exposta.

EPÍSTOLA

FILENO A ALGANO

Epístola II

Depois, Algano amado,
Que por mais verde, e plácido terreno,
Deixaste o sítio ameno,
Onde alegre pascia o manso gado,
Tomou minha saudade
Triste posse no horror da soledade.

De todos os pastores
Foi mui sentida a tua ausência dura:
Que o bem de uma ventura
Se se perde, inda os mesmos moradores
Da choça, que os abriga,
Sabem sentir: oh quanto a dor obriga!

Pouco importa a cultura, (112)
E agudeza maior do pensamento:
Que a força do tormento
Sobre a mesma rudeza o estrago apura;
E quem melhor discorre, (113)
É, quem buscando alívio, menos morre.

Talvez mais lisonjeia
Esta no meu pesar néscia jactância; (114)
Por ser minha ignorância
Alimento, em que a mágoa mais se ateia:
Que a ser mais entendido,
Não fora o meu tormento tão crescido.

Não somente o efeito
De tão ingrato mal em nós sentimos;
Mas, se bem advertimos,
Tudo ao grande pesar ficou sujeito:
Que fez a ausência tua
A saudade em nós razão comua.

O rio, que algum dia
Líquida habitação das ninfas era,
A cor, que a primavera
Nestes frondosos álamos vestia,
Tudo perde o seu brio:
Não tem o álamo cor, ninfas o rio.

Não se ouvem já sonoras,
(Quando argüindo o adúltero condena),
Queixas da filomena; (115)
E até do tempo as carregadas horas
Correm mais dilatadas;
E parece, que a dor as faz pesadas.

É tudo horror; é tudo
Uma pálida imagem da tristeza.
Habita esta aspereza
O fúnebre silêncio, o assombro mudo:
Que tanto pode, tanto
De tua ausência o mísero quebranto.

Ah meu Algano caro,
Doce consolação do campo ameno!
O teu triste Fileno

Busca debalde alívio: que o reparo
Da saudade está posto
Na imagem só de teu alegre rosto:

Não só o seu alento,
Porém inda dos campos a alegria,
A clara luz do dia,
Das aves o canoro, e doce acento,
E quanto tem mudado
Da tua ausência o desumano estado.

Apressa, apressa o passo,
Com que hoje alegras as regiões do Tejo;
Rompe já o embaraço,
Que se interpõe à vista do desejo:
E possa alegre ver-te,
Algano meu, quem sabe merecer-te.

ROMANCES

LISE

Romance i

Pescadores do Mondego,
Que girais por essa praia, ([116])
Se vós enganais o peixe,
Também Lise vos engana.

Vós ambos sois pescadores;
Mas com diferença tanta,
Vós ao peixe armais com redes,
Ela co'olhos vos arma.

Vós rompeis o mar undoso:
Para assegurar a caça;
Ela aqui no porto espera,
Para lograr a filada.

Vós dissimulais o enredo,
Fingindo no anzol a traça;
Ela vos expõe patentes
As redes, com que vos mata.

Vós perdeis a noite, e dia
Em contínua vigilância;

Ela em um só breve instante
Consegue a presa mais alta.

Guardai-vos, pois, pescadores,
Dos olhos dessa tirana;
Que para troféus de Lise
Despojos de Alcemo bastam.

Enquanto as ondas ligeiras
Desta corrente tão clara
Inundarem mansamente
Estes álamos, que banham;

Eu espero, que a memória
O conserve nestas águas,
Por padrão dos desenganos,
Por triunfo de uma ingrata.

E na frondosa ribeira
Deste rio, triste a alma
Girará sempre avisando, ([117])
Quem lhe soube ser tão falsa.

ANTANDRA

Romance II

Pastora do branco arminho,
Não me sejas tão ingrata:
Que quem veste de inocente,
Não se emprega em matar almas.

Deixa o gado, que conduzes;
Não o guies à montanha:
Porque em poder de uma fera,
Não pode haver segurança.

Mas ah! Que o teu privilégio,
É louco, quem não repara:
Pois suavizando o martírio,
Obrigas mais, do que matas.

Eu fugirei; eu, pastora,
Tomarei somente as armas;
E hão de conspirar comigo
Todo o campo, toda a praia

Tenras ovelhas,
Fugi de Antandra;
Que é flor fingida,
Que áspides cria, que venenos guarda.

ALTÉIA

Romance III

Aquele pastor amante,
Que nas úmidas ribeiras
Deste cristalino rio
Guiava as brancas ovelhas;

Aquele, que muitas vezes
Afinando a doce avena,
Parou as ligeiras águas,
Moveu as bárbaras penhas;

Sobre uma rocha sentado
Caladamente se queixa:
Que para formar as vozes,
Teme, que o ar as perceba.

Os olhos levanta, e busca
Desde o tosco assento aquela
Distância, aonde, discorro, ([118])
Que tem a origem da pena:

E depois que esmorecidos
Da dor os olhos, na imensa
Explicação do tormento,
Sufocada a luz, se cegam;

Só às lágrimas recorre,
Deixando-se ouvir apenas
Daquelas árvores mudas,
Daquela mimosa relva.

Com torpe aborrecimento
A companhia despreza
Dos pastores, e das ninfas;
Nada quer; tudo o molesta.

Erguido sobre o penhasco
Já vê, se é grande a eminência:
Por que busque o fim da vida,
Na violência de uma queda.

Já louco se precipita;
E já se suspende: a mesma
Apetência do tormento
Maior tormento lhe ordena.

Pastores, vede a Daliso;
Vêde o estado qual seja
De um pastor, que em outro tempo
Glória destes montes era:

Vede, como sem cuidado
Pastar pelos montes deixa
As ovelhas of'recidas
Às iras de qualquer fera.

Vede, como desta rama,
Que fúnebre está, suspensa
Deixou a lira, que há pouco,
Pulsava pela floresta.

Vede, como já não gosta
Da barra, dança, e carreira;
E ao pastoril exercício
De todo já se rebela.

Segundo o vulto, que neste
Rústico penedo ostenta,
Cuido, que o fizeram louco
Desprezos da bela Altéia.

ANARDA

ROMANCE IV

Aonde levas, pastora,
Essas tenras ovelhinhas?
Que para seu mal lhes basta
O seres tu, quem as guia.

Acaso vão para o vale,
Ou para a serra vizinha?
Vão acaso para o monte,
Que lá mais distante fica?

Vão porventura, pastora,
A beber as cristalinas,
Doces águas, que discorrem
Por entre estas verdes silvas?

Ah! Quem sabe, triste gado,
Onde a maior homicida
Dos corações, e das almas,
Convosco agora caminha!

Presumir, que cuidadosa
Vos conduz à serra altiva,
Imaginar, que à ribeira
Vos vai levando propícia;

Não o posso, não o posso;
Quando a conjetura avisa,
Que mal as ovelhas guarda;
Quem as almas traz perdidas.

Porém se a vossa ventura
De mais nobre se acredita,
Se podeis vencer de Anarda
A condição sempre esquiva;

Ela vos conduza: os passos
Segui da minha inimiga;
Enquanto para cantá-la
Meu instrumento se afina.

Mais que Títiro suave,
Aqui sentado à sombria
Copa desta verde faia,
Chorarei as penas minhas.

Farei, com que soe o bosque
A seu nome: esta campina,
Vereis, como só de Anarda
A doce glória respira;

Essas árvores, e troncos
Concorrendo à harmonia
Do meu canto, Orfeu nos vales,
Cuidarão, que ressuscita.

Eu repetirei contente
A cantilena, que tinha
Com Alcimedon composto,
Quando no monte vivia.

Direi aquelas cadências,
Que à casca de uma cortiça
Encomendou meu cuidado,
De meu sangue com a tinta.

Pastora (se bem me lembra
Assim meu verso dizia),
Mais branca, que a mesma neve,
Mais bela, do que a bonina;

Eu sou, quem estas ribeiras,
Sou, quem estes campos pisa,

Atrás de uma alma, que roubas,
Tão presa, como rendida.

Não te peço, que ma entregues:
Porque quem ta sacrifica,
De meu voluntário culto
Faz ostentação mais fina:

Quero só, que ma não deixes,
Que a não desampares; inda
Quando de Letes saudoso (¹¹⁹)
Vires a margem sombria.

Mais seguro, e mais constante,
Que aquela mimosa ninfa,
Que no côncavo das penhas,
Por lei do destino, habita.

Eco serei destas rochas,
Aonde os clamores firam
Dos corações, que se queixam,
Das almas, que se lastimam.

Assim, cândidas ovelhas,
Assim clamarei: sozinhas
Correi embora contentes
O vale, o monte, a campina.

CANÇONETAS

À LIRA DESPREZO

I

Que busco, infausta lira,
Que busco no teu canto,
Se ao mal, que cresce tanto,
Alívio me não dás?

A alma, que suspira,
Já foge de escutar-te:
Que tu também és parte
De meu saudoso mal.

II

Tu foste (eu não o nego)
Tu foste em outra idade

Aquela suavidade,
Que Amor soube adorar;

De meu perdido emprego
Tu foste o engano amado:
Deixou-me o meu cuidado;
Também te hei de deixar.

III

Ah! De minha ânsia ardente
Perdeste o caro império:
Que já noutro hemisfério
Me vejo respirar.

O peito já não sente
Aquele ardor antigo:
Porque outro norte sigo,
Que fino amor me dá.

IV

Amei-te (eu o confesso)
E fosse noite, ou dia,
Jamais tua harmonia
Me viste abandonar.

Qualquer penoso excesso,
Que atormentasse esta alma,
A teu obséquio em calma ([120])
Eu pude serenar.

V

Ah! Quantas vezes, quantas
Do sono despertando,
Doce instrumento brando,
Te pude temperar!

Só tu (disse) me encantas;
Tu só, belo instrumento,
Tu és o meu alento;
Tu o meu bem serás.

VI

Vai-te; que já não quero,
Que devas a meu peito
Aquele doce efeito,
Que me deveste já.

Contigo já mais fero
Só trato de quebrar-te:
Também hás de ter parte
No estrago de meu mal. (¹²¹)

VII

Não saberás desta alma
Segredos, que sabias,
Naqueles doces dias,
Que Amor soube alentar.

Se aquela ingrata calma
Foi só tormenta escura,
Na minha desventura
Também naufragarás.

VIII

Nise, que a cada instante
Teu números ouvia, (¹²²)
Ou fosse noite, ou dia,
Jamais não te ouvirá.

Cansado o peito amante
Somente ao desengano
O culto soberano
Pretende tributar.

IX

De todo enfim deixada
No horror deste arvoredo,
Em ti seu tosco enredo
Aracne tecerá.

Em paz se fique a amada,
Por quem teu canto inspiras;
E tu, que a paz me tiras,
Também te fica em paz.

À LIRA PALINÓDIA

I

Vem, adorada Lira,
Inspira-me o teu canto:
Só tu a impulso tanto
Todo o prazer me dás.

Já a alma não suspira;
Pois chega a escutar-te:
De todo, ou já em parte
Vai-se ausentando o mal.

II

Não cuides, que te nego
Tributos de outra idade:
A tua suavidade
Eu sei inda adorar;

Desse perdido emprego
Eu busco o encanto amado;
Amando o meu cuidado,
Jamais te hei de deixar.

III

Vê, de meu fogo ardente,
Qual é o ativo império:
Que em todo este hemisfério
Se atende respirar.

O coração, que sente
Aquele incêndio antigo,
No mesmo mal, que sigo,
Todo o favor me dá.

IV

Se tanto bem confesso,
Ou seja noite, ou dia,
Jamais essa harmonia
Espero abandonar.

Não há de a tanto excesso,
Não há de, não, minha alma
Desta amorosa calma
Meus olhos serenar.

V

Ah! Quantas ânsias, quantas
Agora despertando,
A teu impulso brando
Eu venho a temperar!

No gosto, em que me encantas,
Suavíssimo instrumento,
Em ti só busco o alento;
Que eterno me serás.

VI

Contigo partir quero
As mágoas de meu peito;
Quanto diverso efeito,
Do que provaste já!

Não cuides, que sou fero;
Porque já quis quebrar-te:
No meu delírio em parte
Desculpa tem meu mal.

VII

Se tu só de minha alma
O caro amor sabias,
Contigo só meus dias
Eterno hei de alentar.

Bem que ameace a calma
Fatal tormenta escura,
Da minha desventura
Jamais naufragarás.

VIII

Clamar a cada instante
O nome, que me ouvia,
Ou seja noite, ou dia,
O bosque me ouvirá.

Bem, que a meu culto amante
Resista o desengano,
O voto soberano
Te espero tributar.

IX

Não temas, que deixada
Te ocupe este arvoredo,
Onde meu triste enredo
O fado tecerá;

Conhece, ó Lira amada,
O afeto, que me inspiras;
Na mesma paz, que tiras
Me dás a melhor paz.

CANTATAS

O PASTOR DIVINO

Cantata 1
Fé, Esperança.

Fé. Onde, Enigma adorado,
Onde guias perplexo,
Confuso, e pensativo
Da minha idéia o vacilante curso?

Esp. Que sombras, que portentos
Encobres a meus olhos,
Ó ignorado arcano,
Que lá dessa distância
Inspiras de teu raio esforço ativo?

Fé. Eu vejo, que rompendo
Da noite o manto escuro
Vem cintilando a chama,
Que sobre o mundo todo a luz derrama.

Esp. Eu vejo, que do Oriente
A luminosa estrela,
Que os passos encaminha,
Quase a buscar a terra se avizinha.

Coro
Chegai, pastores,
Vinde contentes;
Que o novo sol
Já resplandece.
Oh que glória, que dita, que gosto
Nestes campos se vê respirar!

Fé. É esta a flor mimosa,
Que da Vara bendita,
Venturosa, jucunda,
Da raiz de Jessé brota fecunda! ([123])

Esp. É este o pastor belo,
Que o rebanho espalhado
Vem acaso buscar! É este aquele,
Que por montes, e vales
Conduz a tenra ovelha,
E mais que a própria vida,
Ama o rebanho seu! É este aquele,
Que as ovelhas conhece e a seu preceito
Obedecendo belas,
Também o seu Pastor conhecem elas!

Fé.   Eu o tinha alcançado,
De enigmáticas sombras na figura,
Unigênito Filho
Do Eterno Criador. O Filho amado
De Abrão o testifica;

Esp.   Jacó o compreende, Abel o explica.

Ambas.   Brandas ninfas, que no centro
Habitais dessa corrente,
Vinde ao novo sol nascente
Vosso obséquio tributar. ([124])

Fé.   Já do monte descendo
Vem o pobre pastor: de brancas flores,
Ou já grinaldas, ou coroas tece,
E ao novo Deus contente as oferece.

Esp.   Já de lírios, e rosas,
Pela glória, que alcança,
Animada a Esperança se coroa;
E alegres hinos de prazer entoa.

Coro

Chegai, pastores,
Vinde contentes;
Que o novo sol
Já resplandece.
Oh que glória, que dita, que gosto
Nestes campos se vê respirar!

Fé.   Aquele tenro,
Cordeiro amado,
Sacrificado
Por nossso amor,

Esp.   Sobre seus ombros
Conduz aceso
O duro peso
Do pecador.

Fé.   Nascido infante
Ao mundo aflito
Nosso delito
Paga em amor.

Esp.   Oh recompensa
Do bem perdido!
Oh do gemido
Prêmio maior!

Ambas. Vem, Pastor belo;
Vem a meus braços;
Vem; que teus passos
Seguindo vou.

Fé. Mas ah! Que de prazer, e de alegria
Respirar posso apenas. Todo o campo
Florescente se vê. Estão cobertos
Os claros horizontes
De nova luz, de novo sol os montes.

Esp. Melhor luz não espere
Ver o mundo jamais. Concorram todos
A este luminoso
Assento; aonde habita
Aquele sol, que a vida ressuscita.

Fé. Vem, sol peregrino,
De nós suspirado;

Esp. Vem, Filho adorado
De Deus imortal.

Coro

Chegai, pastores,
Vinde contentes;
Que o novo sol
Já resplandece.
Oh que glória, que dita, que gosto
Nestes campos se vê respirar!

GALATÉIA

Cantata III

Galatéia, Ácis.

Ácis. Galatéia adorada,
Mais cândida e mais bela,
Que a neve congelada,
Que a clara luz da matutina estrela;
Mais, do que o Sol, formosa;
Não digo lírio já, não digo rosa.

Gal. Ácis idolatrado,
Pastor mais peregrino,
Que quanto ostenta o prado,
Quanto banha d'Aurora o humor divino;
Pois junto às tuas cores
Não tem o prado cor, não têm as flores.

Ácis. Ácis é, quem saudoso
Corre desta ribeira
Todo o campo espaçoso,
Buscando, ó bela Ninfa, a lisonjeira, ([125])
Doce vista, que tanto
De Amor ateia o suspirado encanto.

Gal. Desde o azul império,
Que rege o áureo Tridente, ([126])
Por todo este hemisfério,
Galatéia te busca impaciente;
E amante nos seus braços
Te prepara de amor gostosos laços.

Ácis. Vem ouvir-me um instante;
Que em mim tudo é ternura.
Do bárbaro Gigante
Não temas, não a pálida figura:
Que o tem seu triste fado,
Tanto como infeliz, desenganado.

Vem, ó Ninfa ditosa,
Vem, vem;
Que em ti Amor guarda
Todo o meu bem.

Gal. Oh! Firam teus ouvidos
Meus saudosos clamores;
Mereçam meus gemidos
Mover a sem-razão dos teus rigores;
Já que tão docemente
Sempre ao meu coração estás presente.

Vem, ó Pastor querido,
Vem, vem;
Que em ti Amor guarda
Todo o meu bem.

ODE

A MÍLTON

1

Contigo me entretenho,
Contigo passo a noite, e passo o dia,
E cheia a fantasia
Das imagens, ó Milton, do teu canto,
Contigo desço às Regiões do espanto,

Contigo me remonto a imensa altura,
Que banha de seu rosto a formosura.

2

Tamisa, que nos deste
Dentro do seio teu alto engenho,
    Que o sagrado desenho
Do divino Poema lhe inspiraste,
Como o cofre dos males derramaste
Sobre a sua fortuna? Como ao Fado
O trazes desde o berço abandonado?

3

Não basta além da Pátria
Peregrino vagar estranhas terras,
    No horror das civis guerras
Ensangüentar o braço às Musas dado,
Da torpe, e vil pobreza inda vexado
Queres que gema, e conte em baixo preço
De seus estudos o cansado excesso?

4

Sim, esta é a ventura,
Estas as murtas, e as grinaldas de oiro
    Que ao século vindoiro
Hão de levar os que de Aônia bebem:
Fortuna, os teus tesoiros só recebem
Bastardas Gentes, que da tenra infância
Afagou nos seus braços a ignorância.

5

Tu o sabes, ó Tejo,
O teu grande Camões o geme, e chora;
    Nem mais risonha aurora
No Apenino esclarece ao nobre Tasso:
De porta em porta vagarosa, e lasso,
Mendigando o cantor da Grega gente,
O peso infausto da miséria sente. ([127])

6

Nega-lhes muito embora
Deusa inconstante as vãs riquezas; tudo ([128])
    Entre o silêncio mudo
Dos tempos jazerá; a ilustre glória,
Que os nomes encomenda a larga história
Livre de naufragar nesta mudança
Os guarda, e zela na imortal lembrança. ([129])

7

Por ela te contemplo
Calcar, ó Mílton, da desgraça o colo;
    Desde o gelado Pólo
Teu nome vencedor a nós se estende,
Em nobre fogo o coração acende,
Quando nos abres a feliz estrada
Da Epopéia jamais de alguns trilhada.

8

A nunca ouvida língua
Das eternas celestes criaturas,
    As suaves ternuras
As castas expressões dos Pais primeiros,
De incorpóreas substâncias os Guerreiros
Combates no Aquilon! tudo imagino; ([130])
Tudo é grande, ó bom Deus, tudo é divino.

9

Voa do Estígio Lago,
Ó Espírito rebelde: um frio gelo ([131])
    Me deixa apenas vê-lo!
Tenta a Equinocial, vaga os abismos,
Que horror! Entre funestos paroxismos
Talvez chego a temer, que o Monstro possa
Cantar os loiros da tragédia nossa.

10

Ah não: oiça-se o brado
Da Épica Trombeta: o rapto admiro,
    E já no dúbio giro
Longe de me aterrar o Dragão fero,
Arrancadas montanhas ver espero
Do Trono de Sião, vingada a injúria, ([132])
Confunde-te, oh soberbo, e rende a fúria.

11

Estranhas maravilhas
De algum gênio mortal jamais tentadas!
    Idéias animadas
Na mais nova, mais rara fantasia!
Se Mílton pela mão nos leva, e guia,
Cesse do bem perdido a fatal ânsia,
Esta é de Eden a milagrosa estância. ([133])

Musas, vós que educastes
Alma tão grande, e que a gostar lhe destes
    As doçuras celestes
Do néctar, e da ambrósia, um novo loiro (¹³⁴)
Vinde tecer-lhe; e junto ao Busto de oiro
Mandai gravar este Epitáfio breve:
Mílton morreu: seja-lhe a terra leve.

ÉPICA

EXCERTOS DO POEMA

Vila Rica

Canto VI

(Vv. 18-44)

Levados de fervor, que o peito encerra
Vês os Paulistas, animosa gente,
Que ao Rei procuram do metal luzente
Co'as próprias mãos enriquecer o erário.
Arzão é este, é este, o temerário,
Que da Casca os sertões tentou primeiro:
Vê qual despreza o nobre aventureiro,
Os laços e as traições, que lhe prepara
Do cruento gentio a fome avara.

A exemplos de um contempla iguais a todos,
E distintos ao rei por vários modos
Vê os Pires, Camargos e Pedrosos,
Alvarengas, Godóis, Cabrais, Cardosos,
Lemos, Toledos, Pais, Guerras, Furtados, (¹³⁵)
E os outros, que primeiro assinalados
Se fizeram no arrojo das conquistas,
Ó grandes sempre, ó imortais Paulistas!
Embora vós, ninfas do Tejo, embora
Cante do Lusitano a voz sonora
Os claros feitos do seu grande Gama;
Dos meus Paulistas honrarei a fama.
Eles a fome e sede vão sofrendo,
Rotos e nus os corpos vêm trazendo,
Na enfermidade a cura lhes falece,
E a miséria por tudo se conhece;
Em seu zelo outro espírito não obra
Mais que o amor do seu rei: isto lhes sobra.

Canto VIII

(Vv. 112-141)

Eulina, que nas graças não receia
Competir co'a deidade que o mar cria,
De transparente garça se vestia, ([136])
Toda de flores de ouro matizada:
A cabeça de pedras tem toucada,
Deixando retratarem-se as estrelas
Em seus olhos; tão ricas, como belas
Muitas ninfas em roda a estão cercando,
Nas lindas mãos nevadas sustentando
Os tesouros, que oculta e guarda a terra.
(Tristes causas do mal, causas da guerra!)
Niseia em uma taça oferecia
Um monte de custosa pedraria,
Em que estão misturados os diamantes,
Co'as safiras azuis, e co's brilhantes
Topázios co's rubis, co'as esmeraldas,
Que servem de esmaltar essas grinaldas,
De que as ninfas do rio ornam a frente.
Em outra taça de metal luzente
Copioso monte apresentava Loto
Por extremo formosa; desde o roto
Seio do rio o louro pó juntara;
Dele costuma usar Eulina clara
Para dar novo lustre a seus cabelos:
Parece que a fadiga dos martelos
Batera o mesmo pó coalhado ao fogo,
Pois deixada esta taça e olhando logo
Para outra, que Licondra na mão tinha,
Nela de barras mil um monte vinha,
Em que o divino pó se convertera.

Canto IX

(Vv. 247-378)

.... a antiga história
Desta árvore eu a guardo de memória ([137])
Desde a primeira vez, que um índio velho
Encontrei nos sertões; e de conselho
Saudável quis que eu fosse socorrido.
Nestes montes me conta que nascido
Fora um mancebo; Blásimo era o nome
Que a corrupção do tempo em vão consome,
De Bálsamo guardando inda a lembrança.

Este tão destro em sacudir a lança,
Como em matar às mãos o tigre ousado,

Da formosa Elpinira namorado,
E seguro no cetro, que mantinha
De trinta aldeias, que a seu mando tinha,
A demandava esposa: disputava
Argante um tal amor; a grossa aljava
Dos ombros lhe pendia, e sempre em guerra
Fumar fazia a ensangüentada terra.
Elpinira, que causa se conhece
De tanto estrago, entre ambos se oferece
A dar a mão ao que a ganhasse em sorte,
(Por que caminhos não buscava a morte!)
Convêm os dois rivais, e o pacto aceito
Um dos dias do ano tem eleito
Em que o seu Paraceve festejavam. ([138])
Brancas e negras pedras ajuntavam
Em uma concha; e em roda juntos todos
Ao grande ato concorrem, vários modos

Inventam já de bailes, jogo e dança,
Coroando cada um sua esperança.
Preside às sortes o bom velho Alpino,
Pai de Elpinira, e rei: vem o ferino
Argante; pés e mãos tendo cercado
De verdes penas, onde amor firmado
Traz o presságio da vitória: a frente
Blásimo adorna de um lourel florente,
Que tecem muitas rosas animadas
De suavíssimo cheiro: estão sentadas
Várias índias, cercando em torno a bela
Elpinira, orna a testa uma capela
De rosas, e folhetas pendem de ouro
Das orelhas; por tudo um triste agouro
Respirou: muitas árvores tremeram,
Os pássaros do dia se esconderam,
Só os da noite sussurrar se viram.
Juram, dando-se às mãos os dois, e tiram
Cada qual sua pedra; a branca expunha
Sorte feliz; a negra testemunha
A perda da consorte; está jurado
Sofrer com paz, o que não for premiado.
Blásimo vence; Argante se retira,
E simulando a dor, geme, suspira.
Viva Blásimo, dizem: logo as vozes
A Argante vão ferir, e tão atrozes
Passam a ser as fúrias em seu peito,
Que desde aquele instante faz conceito
De vingar sua dor, roubando a glória
Ao mesmo, que o privara da vitória.

Com rosto disfarçado quer contudo
Lograr o golpe; um meditado estudo
Lhe lembra a ocasião, o sítio e a hora
De banhar toda em sangue a mão traidora:

Eu, diz Argante, eu devo entrar em parte
Nas vossas glórias, todo o esforço dar-te,
E do engenho porei, por que se veja
Que cedo alegre, e não me arrasta a inveja.
Na minha aldeia, e entre os meus povos quero
Festejar vossas núpcias; nela espero
Dar-vos provas do gosto e da alegria,
Que me sabe trazer tão fausto dia.
Ali de firme paz e de aliança
Farei novo concerto e da vingança
Cederá de uma vez o vil projeto
(Ó dura força de um mentido afeto!)
Aceita Alpino: Blásimo é contente,
E Elpinira também, que já presente
Crê a ventura, que esperara ansiosa.
Três dias pede Argante, e a insidiosa
Idéia lhe propõe um torpe meio
De executar o dano sem receio.
Manda alimpar a estrada, funda cava
Faz abrir no mais plano, que abarcava
Ambas as margens; desde o centro ao alto
Mete a aguçada estaca, e quanto falto
De terra está, cobre de ramo brando;
Sobre ele moles folhas vai deitando,
Que a mesma terra estaipa, e já figura
A superfície igual, e limpa e pura. ([139])

Chega a terceira aurora; desde a aldeia
Alegres vêm saindo, e os lisonjeia ([140])
Argante, tendo em frente aparelhado
Do lugar da traição o costumado
Baile, com que na paz se festejavam
De muitos dos seus índios: já pisavam
A estrada os dois amantes: o pai vinha
De um lado, e de outro lado da mão tinha
Blásimo presa a idolatrada esposa.
(Que triste vista, que ilusão faustosa!)
Todos diante vêm; este o costume
É da nação, nem teme, nem presume
Algum dos três, e ainda o povo todo
A urdida morte por tão novo modo.

Com Argante, e seus índios se avistavam,
Em vivas desde longe se saudavam.
Infelizes (que dor!) as plantas punham
Sobre a coberta cava, e já supunham,
Que os braços ao amigo se estendiam,
Quando passados os seus peitos viam
Das aguçadas farpas: volta Argante
Colérico, soberbo e triunfante
Sobre os desprevenidos que acompanham
Sem armas ao seu rei: todos se apanham
Presos das mãos das emboscadas; morrem
Imensos índios; a fugir recorrem,

Mas a gente, que às costas lhe ficava,
O resto, o infeliz resto destroçava.

Já mortos os três índios lançam terra
Sobre os seus corpos; uma urna encerra
O mísero despojo: o Céu procura
Vingar o grave horror; da sepultura
Vê-se brotar uma árvore, que verte
Cheiroso sangue: o caso se converte
Em fabulosa história; e se acredita
Que Blásimo, a quem segue esta desdita
Das mesmas flores, de que a testa ornara,
E do seu sangue a cor, e o cheiro herdara
E que o Céu testemunhos multiplica,
Multiplicando os troncos; assim fica
A tradição nos nacionais guardada;
O índio, que me conta a dilatada
História, diz-me então, que mal segura
É sempre a fé, que o inimigo jura.

Canto X

(Vv. 116-180)

Entanto o pátrio gênio lhe oferece
Por mão de destro artífice pintadas
Nas paredes as férteis, dilatadas
Montanhas do país, e aqui lhe pinta
**Por ordem natural, clara e distinta
As diferentes formas do trabalho,**
Com que o sábio mineiro entre o cascalho
Busca o loiro metal; e com que passa
Logo a purificá-lo a escassa
Tábua ou canal do liso bulinete;
Com que entre a negra areia ao depois mete
Todo o extraído pó nos lígneos vasos,
(Que uns mais côncavos são, outros mais rasos)
E aos golpes d'água da matéria estranha
O separa e divide; alta façanha
De agudo engenho a máquina aparece,
Que desde a suma altura ao centro desce
Da profunda cata, e as águas chupa. ([141])

Vê-se outro mineiro, que se ocupa
Em penetrar por mina o duro monte
Ao rumo oblíquo, ou reto; tem defronte
Da gruta que abre, a terra que extraíra;
Os lagrimais das águas, que retira
Ao tanque artificioso logo solta; ([142])
Trazida a terra entre a corrente envolta

Baixa as grades de ferro; ali parados
Os grossos esmeris são depurados,
Deixando ao dono em prêmio da fadiga
Os bons tesouros da fortuna amiga.

Entre serras estoutro vai buscando
As betas de ouro; aquele vai trepando
Pelo escabroso monte, e as águas guia
Pelos canais, que lhe abre a pedra fria
Não menos mostra o gênio a agricultura
Tão cara do país, aonde a dura
Força dos bois não geme ao grave arado;
Só do bom lavrador o braço armado
Derriba os matos, e se ateia logo
Sobre a seca matéria o ardente fogo.

Da mole produção da cana loira
Verdeja algum terreno, outro se doira;
O lavrador a corta, e lhe prepara
As ligeiras moendas; ali pára
O espremido licor nos fundos cobres:
Tu, ardente fornalha, me descobres,
Como em brancos torrões é já tornado
A estímulos do fogo o mel coalhado. ([143])

O arbusto está, que o vício tem subido
A inestimável preço, reduzido
A pó sutil o talo e a folha inteira
Não menos brota a oriental figueira ([144])
Com as crescidas folhas, e co' fruto,
Que inda nos lembra o mísero tributo,
Que pagam nossos pais, que já tiveram
A morada do Eden, e não puderam
Guardar por muito tempo a lei imposta
(Ó natureza ao Criador oposta!)

Os pássaros se vêem de espécie rara,
Que o Céu de lindas cores emplumara,
As feras e animais mais esquisitos;
Todos no alegre mapa estão descritos;
Os olhos deleitando, e entretendo
O herói, que facilmente está crendo,
Ao ver, que destra mão dar-lhes procura
A vida, que lhes falta na pintura.

NOTAS

(1) Pode ser assim entendido o terceto: "Bem sei que o Destino influiu estro divino na lira de outros gênios, para cingir(em) a verde rama de Apolo", a saber, o louro.

(2) O verso vale o seguinte: "o esquecimento frio, que é como o sono vil".

(3) Referência a metamorfoses antigas, como a de Filemão e Báucis em carvalho e tília; ou trata-se do velho *topos*, segundo o qual os corpos sepultados se transformam em árvores? *Estrago*: ruína, infortúnio, perdição.

(4) *Verão*: primavera.

(5) *Espécies*: aparências.

(6) *Obséquio*: "obras ou palavras reverentes", Bluteau, "com as quais captamos a vontade de alguém", Fr. Domingos Vieira; *rendido*, prestado. *Lisonja*: deleite, agrado.

(7) Cântico *amebeu*: dialogado. *Louvado*: árbitro.

(8) *Dos que choram*: porque a viram e não obtiveram seu amor; *suspenda o pranto*: a beleza de Eulina é tão grande que faz quem a vê chorar. É de supor um "se puder", depois de "pranto".

(9) *Sucesso*, o que acontece com. A. Soares Amora vê *parto* (*Panorama da Poesia Brasileira*, vol. I, Editora Civilização Brasileira, Rio de Janeiro, 1959, pág. 96).

(10) *Por obséquio*: como homenagem, como sinal de respeito.

(11) Anástrofe: a hórrida figura do feio assombro.

(12) Isto é: as lágrimas fizeram brotar uma fonte da pedra, sendo essa corrente uma cópia derretida da ânsia mortal.

(13) *Rendimento*: sujeição à pessoa amada; em decorrência, mostras de amor; afeto. V. a nota 29.

(14) *Filomena*: filomela, rouxinol. V. a nota 115.

(15) Entenda-se: somente nova idéia do ódio (isto é, nova maquinação da amada, com seu ódio) veio dar-me uma esperança.

(16) Diz o Poeta, no soneto, que sua amada, desprezando-lhe o amor, mandou-o ficar no bosque a ouvir o rouxinol, longe dela; mas vendo que esse rigor não o cansava, resolveu mudar de tormento: para vingar-se, concedeu-lhe seus favores.

(17) *Aleivosia*: fraude.

(18) As feras da Hircânia, província do Império Persa ao sul e sudeste do Mar Cáspio, gozavam de prestígio clássico: Virgílio fala nas "tigres hircanae", que surgem também em Cláudio Manuel da Costa. V. a nota 32. *Testas*: cabeças.

(19) *Infesta*: faz grandes estragos em; arruína.

(20) *Contrastar*: lutar com.

(21) *Incontrastável*: inelutável, com a qual é inútil lutar.

(22) Só esta penha me dá o teu retrato: por causa de sua dureza; *advertido*: prudente, sábio, ajuizado.

(23) *Roda*: da Fortuna, da sorte; *despenho*: queda.

(24) Entendo esta quadra como segue: Meu ar magoado é o despojo de uma vitória de amor, que o destino dependura como oferenda em seu templo: meu rosto apenas mostra sofrimento, a dor do amor perdido, a qual é oculta na fé (i. e. não proclama o nome da amada), mas é notória no pesar (que traduz).

(25) *Golfos*: segundo Bluteau e Morais, golfo era um "braço de mar, que por espaço estreito se mete entre duas terras, muito adiante"; *pélago*, mar alto.

(26) *Glória*: felicidade de amor; *aleivosia*: fraude, traição; *lisonjeiro*: que faz agradável impressão; *obséquio*: preito (v. a nota 6).

(27) *Precipício*: queda, perdição. Com esse sentido, o vocábulo surge noutros lugares, p. ex. na Epístola VI, antepenúltima estância.

(28) *O vencimento de tua divindade*: vitória sobre ti.

(29) *Rendimento: sujeição amorosa*. V. a Introdução.

(30) *Estrago*: v. a nota 3.

(31) *A crê pelo costume o pensamento*: o pensamento crê que de fato seja ela, pois foge ao abraço do Poeta, como é de seu costume.

(32) *Tigre hircana*: v. a nota 18. Tanto em Latim como em Grego, *tigris* (tigre) era masculino e feminino. Cláudio segue a tradição.

(33) *Vás*: trata-se mesmo do subjuntivo; na *princeps*, a *errata* corrige *vais* para *vás*.

(34) *Obséquio*: preito, afeto (v. a nota 6 e a Introdução). Entendo assim a quadra: Há quem confie, cego, em tua falsa afeição, a tal ponto que, aprendendo com o desengano, não vá todavia mostrando esse desengano pelo mundo afora.

(35) *Advertido*: v. a nota 22.

(36) *Glória*: v. a nota 26; "uma suma felicidade no logro de algum bem", Bluteau.

(37) *Precipitar-me*: arruinar-me.

(38) *Fábrica*: construção. *Espécies*: aparências (v. a nota 5).

(39) A Sereia não habita o "golfo errante", o mar, mas uma ilha verdejante, como se lê na *Odisséia*. Ao tempo de Homero, tinham as Sereias forma inteiramente humana; depois passaram a ser figuradas com corpo de ave, segundo se vê nos vasos gregos, e em autores como Apolônio de Rodes, Ovídio e outros.

(40) *Lisonjas*: atrações, doçuras. "No sentido metafórico, diz-se de coisas que agradam muito ao gênio e gosto da pessoa, ou em certo modo lisonjear (deleitar) os sentidos", Bluteau.

(41) *Ouvirás*: que sim. Quem fala neste soneto é uma moça.

(42) *Pelo rio hei de ter do esquecimento*: chegarei às margens do Lete, o rio cujas águas, se bebidas, dissipam a memória. Situação translata, ou pensa o Poeta na morte?

(43) *Perdido*: amor perdido; *despojo*: lembrança.

(44) O sol.

(45) *Escultura, cifra*: a inscrição.

(46) *Roda volúvel*: a da sorte (fado, v. 8); v. a nota 23.

(47) *Isto lhe sobre*: nisto seja ele superior.

(48) *Voz*: fantasma, espírito. *Estrago*: perdição (v. notas 3 e 30.).

(49) João Ribeiro julga complicada e sutil a idéia do último verso, que de fato possibilita interpretações divergentes. Eis duas: 1) Se é mais, em matéria de sinceridade, que ele te cante; ou que eu te chore; se é mais sincero ele, quando te canta, ou eu, quando te choro (porque vais te casar com Gil). "Eu sou mais extremoso, e verdadeiro". 2) Como pessoa, e em matéria de competência artística, tão superior é o Poeta a Gil (e êste o sabe), que mesmo o seu pranto é superior ao canto grosseiro de Gil. Por isso, já que Gil é

"um infame, um desastrado", melhor é que a serrana não se case com ele, mas corresponda ao Poeta. *Se é mais*: Se vale mais.

(50) *Lisonjeando*: dulcificando, suavizando; cf. a nota 40. *Lisonjear* "também se diz de coisas materiais, que fazem em outras uma branda impressão, ou suavemente se oferecem, ou deleitam os sentidos" (Bluteau).

(51) *Glória*: v. a nota 26.

(52) *Lisonjear-me*: fazer-me agradável impressão (Morais); encantar-me; *estrago*: ruína, perdição (cf. a nota 3)

(53) *Vencimento*: triunfo, vitória.

(54) Entenda-se: Que a torre mais segura tem maior a base na dependência da amizade.

(55) Na *princeps* (e nas edições Garnier e Bertrand), *imóvel*; mas o sentido exige *móvel*.

(56) *Os*: os campos floridos.

(57) *Hamadríades*: Ninfas das árvores; aqui, contudo, o Poeta as coloca no fundo da corrente.

(58) *Russiano* (*russo*) *herói*: Pedro, o Grande.

(59) *Esfera de luzes*: na cosmologia antiga e medieval a "esfera de luzes" (ou "de fogo") era o mais alto céu, o empíreo. "Elísio", aí, está por "paraíso" no empíreo; cf. adiante a "elísia esfera".

(60) *Suores*: resinas; a mirra.

(61) *Tesouros*: o incenso, a antiga "lágrima sabéia" ou da Arábia. Entenda-se toda a passagem: "Bem sabes que o suavíssimo perfume que pode arder no casto lume do amor não são os suores (as resinas) deste terreno que Chipre (Vênus? — a deusa era ligada à lenda de Esmirna, — ou Myrrha, em Ovídio — transformada em mirra; ou sua ilha) desata, odorífero sempre, e sempre ameno, em porções coalhadas", i. e., esse perfume não é a mirra, mas os incensos (em sentido metafórico) que a fé e a dor animam, e que ardem no fogo da lembrança.

(62) I. e., na pompa luminosa dos raios.

(63) *Clície* (Clytie): jovem apaixonada pelo Sol e que se transformou em planta (heliotrópio, girassol) na lenda que Ovídio registra (*Metamorfoses*, IV, 234-270).

(64) *Infestar*: arruinar, estragar, prejudicar.

(65) *Propondo*: destinando, apresentando; *progressos*: caminhadas; *exercício*: atividade (do fado: a de matar). Assim: a minha pena me está destinando a morte, por vingança de meu fado, já que falo em lembrança "imortal", em penhor "inextinguível". A. Soares Amora (*Panorama*, cit.) vê "suicídio" em *trágico exercício*.

(66) *Átropos*: a Parca da morte, a que, segundo o Poeta, desfaz o tecido da vida humana.

(67) *Desar*: desaire, mancha.

(68) *Vítima do pranto*: oferta do pranto em sacrifício.

(69) *Cifra*: escrita.

(70) I. e.: e o vosso agrado acolha em seus braços a vítima estrangeira com que chego.

(71) Teria mesmo Cláudio escrito *feia* — com duvidoso humor — ou escreveu (ou desejou escrever) *fria*? Guardar-se-ia assim a oposição *sentida-fria*. O classicismo sempre foi inimigo do exagero.

(72) *Lucina*: deusa da luz, ou que traz à luz; *apagando*, etc.: de noite.

(73) *Girava*: andava (v. a Introdução).

(74) *Rendimento*: mostra de sujeição; preito, homenagem (v. a Introdução, bem como as notas 13 e 29).

(75) *Condição rigorosa*: a do amor não correspondido.

(76) *Nume*: Eulina; *precipício*: queda, ruína, perdição (v. a nota 27).

(77) *Indústria*: astúcia; *despenho*: queda.

(78) *Maior planeta*: o Sol.

(79) *Bem*: aqui e adiante, Eulina.

(80) *Númen*, nume: Apolo.

(81) *Estrago*: v. a nota 3.

(82) *Báratro*: inferno.

(83) *Polidoro*: filho de Príamo, foi confiado a Polimestor para ficar afastado da guerra de Tróia: mas, como levara tesouros, Polimestor matou-o por causa dêsses tesouros e jogou-lhe o cadáver nas ondas (*Metamorfoses*, XIII, 429-438).

(84) *A fábrica eminente*: a alta estrutura, o conjunto dos edifícios.

(85) *Maior cidade*: Lisboa.

(86) *Giram*: v. a nota 73.

(87) *Teme*: temem (teme Ericina, teme Aglaura e teme Deiopéia).

(88) *Despenho*: queda, perdição, infortúnio, cf. a nota 77.

(89) A écloga, na edição de 1768, é dedicada "à morte do Senhor José Gomes de Araújo, Desembargador do Porto; que morreu nos sertões do Rio das Velhas, no emprego de Provedor da Fazenda Real da Capitania das Minas Gerais".

(90) *Golpe avaro*: a morte. *Avaro*: cruel.

(91) *Cifra*: o "letreiro" do verso 3.

(92) I. e., nome assaz sobejo a seu reino.

(93) *Reposta*: Resposta. *Dórcades*: cabras monteses; por "velhas"?

(94) Entenda-se: só um delírio desculparia tal extremo.

(95) *Estudo*: empenho.

(96) *Essa úmida morada busca Febo*: o sol cai no mar.

(97) *Erebo*: pronúncia com diástole; o normal é Érebo. O Érebo (trevas infernais) era filho do Caos e irmão da Noite.

(98) A hipérbole é de gosto culterano.

(99) *Glória*: v. as notas 26 e 36.

(100) *Estragar*: arruinar (v. a nota 3).

(101) *Glória*: v. a nota 99.

(102) *Lete*: o rio do esquecimento (v. a nota 42) no inferno.

(103) *Modo*: moderação.

(104) *Divertida*: esquecida (ou desviada).

(105) *Cíntia*: a lua. De Cíntia o esposo: o sol. Isso apesar de Cíntia ser o cognome de Ártemis ou Diana, a Virgem.

(106) Hipérbato: um transparente resplendor luzente na verde relva.

(107) *Deus Menino*: Eros, Cupido.

(108) *Indústria*: ardil, solércia.

(109) *Esta... rama*: coral. Novo hipérbato.

(110) *Nassa*: cesto afunilado de vime, próprio para a pesca.

(111) *Render*: ofertar.

(112) *Pouco importa*: alguma coisa importa, o seu tanto importa.

(113) *Discorre*: medita, raciocina.

(114) Entendo os dois versos deste modo: Esta néscia jactância (i.e., esta ostentação de ignorância) talvez mais influa no meu pesar.

(115) *Filomena*, v. a nota 14; *adúltero*, Tereu, que violara a

própria cunhada e lhe cortara a língua. A história vem referida nas *Metamorfoses* e noutras fontes (v. o nosso *O Amador de Poemas*, cap. "Alusão a uma alusão").

(116) *Girais*: andais (v. a nota 73).

(117) *Girará*: andará (v.- o mesmo uso em "Fileno a Nise", IV, X.).

(118) *Discorro*: penso, imagino (v. a nota 113).

(119) *Letes*: o mesmo *Lete* a que se refere a nota 42. Antenor Nascentes dá como injustificada a forma *Letes* em Silva Alvarenga, mas a verdade é que o nominativo latino *Lethes* era consignado (bem ou mal) por glossários da época, p. ex. no *Vocabula Latini, Italique Sermonis* (Nápoles, 1761; apud Josephum Antonium Elia), que se abona com Lucano (conhecido por Cláudio).

(120) *A teu obséquio*: por tua oficiosidade.

(121) *Estrago*: destruição (Bluteau). V. a nota 3.

(122) *Números*: compassos

(123) *Jessé*: pai de Davi.

(124) *Obséquio*: reverência, mostra de respeito (v. a Introdução).

(125) *Lisonjeira*: agradável, deliciosa. É esse também o sentido na Cantata VI, verso 42.

(126) *Tridente*: de Netuno; *azul império*, o mar.

(127) Homero, segundo a lenda

(128) *Deusa inconstante*: a Fortuna.

(129) Entenda-se (há um anacoluto pelo meio, nesses versos): a glória recomenda os nomes, e a história os guarda.

(130) *Incorpóreas substâncias*: anjos; *guerreiros*, adjetivos; *Aquilon*, aquilão, vento norte.

(131) *Estígio lago*, inferno; *Espírito rebelde*, demônio.

(132) Sião, forma correta de Sion, Jerusalém.

(133) *Eden* (e não Éden) — "Com a acentuação hebraica, como em espanhol, em Cláudio Manuel da Costa (II, 88)" — Antenor Nascentes. Surge também essa acentuação no *Vila Rica*, X, 170.

(134) *Ambrósia*: o manjar dos deuses. Cláudio põe a acentuação, corretamente, conforme a quantidade latina.

(135) *Lemos*: não se tratará de *Lemes*? Tiveram estes maior importância na penetração das Minas.

(136) *Garça*: tecido ralo.

(137) *Desta árvore*. (Metamorfose do bálsamo, árvore que se produz em muita abundância nas conquistas do Brasil, e com especialidade em todas as partes das Minas, com muito pouca estimação dos seus habitadores" (Nota de Cláudio).

(138) *Paraceve* é propriamente o nome, que dão os índios a semelhantes festejos. (Cláudio)

(139) "Artifício de que usam os índios, tanto para colherem a caça, como nas ocasiões de guerra: veja-se D. Alonso de Ercilla na sua *Araucana*, parte 1.ª, cant. 1.º: chamam-se vulgarmente fojos" (Cláudio).

(140) *Lisonjeia*: agrada.

(141) "Nesta descrição dá o autor a conhecer a formalidade, com que trabalham os mineiros, que se servem do artifício da roda nas suas catas, ou lavras, vulgarmente chamadas de talho aberto, que se praticam nos rios e suas margens. Quem quiser mais individual notícia desta matéria, leia a história de Sebastião de Pitta Rocha, que tudo explica". (Cláudio)

(142) "Descrição dos serviços, que se fazem nas serras e morros para se extrair o ouro; despendendo-se grossíssimo cabedal para se degradarem e se conduzirem de muita distância as águas" (Cláudio).

(143) "Descrição da planta da cana, dos engenhos, em que se

fabrica o açúcar, e da erva, de que se faz o tabaco: veja-se o citado Pitta" (Cláudio).

(144) "Sobre o texto do *Gênesis* — *Consuerunt folia ficus* — não têm faltado opiniões, que sustentam ter sido a bananeira a árvore, que socorreu com a grandeza das suas folhas à nudez de nossos primeiros pais.

"O autor se serve dessa opinião, e aplica neste lugar uma passagem de Mílton no seu *Paraíso Perdido* no livro ou canto 10 ibi — Ils y choisirent le figuier; non cette espèce renommée pour le fruit, mais cette autre que connaissent encore aujourd'hui les Orientaux en Malabar, ou Recan. Ses rameaux courbés prennent, dit-on, racine en terre; et croissant à l'ombre de la principale tige comme des filles que se rassemblent autour, etc." (Cláudio).

Parece que Mílton está falando da "ficus bengalensis" ou árvore "banyan", e não da bananeira. Mas desta, certamente, fala Cláudio com sua "oriental figueira".

*
* *

*
* *

*
*   *

※
※   ※

* * *

*
*   *

*   *
   *

*
*   *

* * *

*
*   *

*
* *

*
* *

*
* *

Impressão e Acabamento:
Gráfica e Editora Alaúde ltda.
R. Santo Irineu, 170 – SP – Fone: (11) 5575-4378